# Les Chimères de la mort

Du même auteur dans la même collection :

*Clarisse*, nouvelle parue dans
*Les Visages de l'humain* (n° 7)

Collection dirigée par Denis Guiot
Couverture illustrée par Philippe Munch

Participation à l'ouvrage : Chloé Chauveau
et Dominique Montembault
Mise en pages : Studio Michel Pluvinage


Loi n° 49-956 du 16 juillet 1949
sur les publications destinées à la jeunesse
Dépôt légal : septembre 2001

ISBN : 2 7404 1254-1

# I
# Jour de cendres

En recevant l'urne contenant les cendres de Bran, Sorg songea que quelques grains de poussière le rattachaient encore à son frère. Il eût préféré une désintégration dans l'atmosphère.

—Jusqu'au bout, tu m'auras poursuivi, grommela-t-il.

Il téléchargea ses dernières volontés et lut :

> Je soussigné Bran Lancray souhaite que mes cendres soient dispersées sur la plage de l'île de Cézembre, au large de Saint-Malo, un jour de tempête.

—Ben voyons, soupira Sorg. C'est ce qu'on appelle le retour au bercail. Je me doutais que tu soignerais ta sortie, Bran.

Il se déconnecta, puis versa consciencieusement les restes de son frère au-dessus d'un trou d'évacuation. Comme les cendres collaient au carrelage, il s'empara d'un jet et arrosa nerveusement le sol. Les attaques répétées de l'eau dispersèrent d'abord les plus fines particules, puis un tourbillon finit par emporter les restes de Bran dans les égouts.

—Voilà pour la tempête...

Sorg resta un long moment les yeux rivés sur le trou d'évacuation.

—Pauvre Bran, grinça-t-il. Toi qui rêvais d'accompagner père dans les étoiles, te voilà poussière parmi les rats...

Il jeta le tuyau et gagna d'un pas militaire la sortie du crématorium, jetant au passage l'urne ayant contenu les cendres de son frère.

Le conducteur du taxi-navette qui ramena Sorg à son hôtel ne cessait de déblatérer sur le conflit lunaire.

—Moi, je vous le dis comme je le pense : on s'embourbe ! Ma femme a des amies qui travaillent au Bureau des disparus. Il paraît que cinquante pour cent des gars qui ont participé aux derniers raids lunaires y ont laissé leur peau. Ils ont annoncé sur la fréquence de la Confédération que de nombreuses stations rebelles avaient été reprises, mais je connais une recrue qui est revenue la semaine dernière avec une jambe en moins. Ils n'ont même pas pris le temps de lui greffer un autre membre ! Si la Confédération maîtrisait vraiment la situation, ils ne feraient pas des choses pareilles...

Sorg connaissait la musique. Ses compatriotes n'accordaient plus aucune confiance aux informations officielles. Mais en cet instant, peu lui importait : un souvenir revenait le hanter... le jour où Bran fut renié et chassé du fort familial par leur père. Dans cet après-midi de pluie battante, les regards des deux frères s'étaient croisés. L'un derrière la vitre du fort, l'autre derrière le hublot de la navette. Tous deux ignoraient encore que cet échange de regards serait le dernier. Leur père n'avait pas assisté au départ de Bran, ce qui rendait la victoire de Sorg encore plus édifiante. Les moteurs de la navette avaient rugi. L'appareil s'était élevé et Bran était parti, emporté vers son destin. Pour Sorg, une autre vie pouvait commencer : de fils subalterne, il devenait l'unique héritier des Lancray.

Sous la navette, le Grand-Paris grouillait comme une fourmilière. La cité avait des allures d'une gigantesque arène avec son centre historique préservé de la folie des promoteurs et une large ceinture aux immeubles démesurés. Plus on s'éloignait du cœur, plus les tours s'élevaient, jusqu'à atteindre trois cents mètres de hauteur aux portes de la mégapole. Un imbroglio de tunnels aériens reliaient les différents niveaux de bureaux et d'habitations, de sorte que, vue du ciel et dans le flamboiement du soleil couchant, la cité ressemblait à un enchevêtrement de vaisseaux sanguins. Dans la banlieue lointaine, cette frénésie d'architecture s'essoufflait, retombant comme une vague mourante sur les plaines alentour.

—On arrive à votre hôtel, lâcha le conducteur.

Tout en actionnant les rétromoteurs, l'homme évoqua de nouveau la guerre :

—Il paraît que le lieutenant Lancray a attaqué le grand observatoire lunaire il y a un mois avec ses Chimères de la Mort. Ils auraient éliminé tous les Luniens[1]. On ne nous l'apprend qu'aujourd'hui ! Qui doute encore que la Confédération nous cache des choses ?

Sorg observait la mégapole à travers le hublot, strié par la pluie. De sa mémoire surgissaient les silhouettes de ses chimères[2] bondissant à l'assaut des ennemis. Il entendait les hurlements des Luniens et revoyait leurs corps tordus de douleur. Mais aussi…

—Terminus ! lança brusquement le taxi. Ça vous fait dix eullars.

Sorg se pencha sous le halo de lumière et s'acquitta du règlement.

—Lieutenant… Lancray ! balbutia le chauffeur. Alors ça ! Si je m'attendais…

L'homme resta un moment les yeux rivés sur son client. L'éclairage stabilisé des néons accusait le visage de Sorg, ses traits froids et durs, qu'il est de coutume de rencontrer chez les professionnels des armées. De longs cheveux bruns, en revanche, tranchaient sur les mœurs militaires. Ce visage était-il vraiment celui de l'officier reproduit tant de fois sur les écrans de la Confédération ? Un instant, le

1. Lunien : colon vivant en permanence sur la Lune.

2. Chimère : être vivant obtenu par manipulation embryonnaire ou génétique à partir de deux ou plusieurs individus d'espèces différentes.

chauffeur eut un doute. Il fixa de nouveau les yeux de son passager… et avala sa salive. Le regard de Sorg contenait autant de lumières que de ténèbres, la part de ténèbres renvoyant à un monde indéfinissable, inquiétant, envoûtant, chargé d'un magnétisme obscur.

—Le maître des Chimères de la Mort… frémit l'homme.

# 2
# Onyx

Sorg posa son index sur l'identificateur de l'hôtel. Une jeune hôtesse vint nonchalamment à sa rencontre. Son visage avait les traits des magnifiques femmes d'Abyssinie.

—Bonsoir, lieutenant Lancray... lâcha-t-elle, impressionnée.

L'officier l'observa en silence.

—Je suis nouvelle, annonça l'hôtesse en rougissant. On m'a recrutée il y a un mois.

Sorg aurait pu profiter de son prestige, proposer à la jeune femme de boire un verre plus tard, dans la soirée, mais il n'en fit rien. Plus à l'aise dans les combats militaires que face à la gent féminine, il se raidit dans son uniforme et lança d'une voix sèche :

—J'ai réservé pour la nuit.

L'hôtesse éteignit son sourire et gagna le comptoir d'accueil.

—Vous avez une enveloppe à votre nom, lieutenant. Un homme l'a apportée il y a trois jours. Il m'a demandé de vous la remettre à l'occasion de votre passage.

Elle lui tendit une minuscule pochette.

—Il m'a répété mille fois de ne pas oublier de vous la donner et...

—De quoi avait-il l'air?

—Il vous ressemblait... Un peu moins grand, peut-être.

*Bran...* pensa Sorg. *Il se doutait que j'allais descendre dans cet hôtel.*

Il tourna les talons et se dirigea vers l'ascenseur.

—Encore ses dernières volontés... fulmina-t-il en découvrant un microdisk dans l'enveloppe.

Le lieutenant introduisit la pastille électronique dans son Trans et entra dans la cabine. Il lut quatre lettres :

O – N – Y – X

Venaient ensuite les premiers mots du message de Bran :

Sorg,

Je sais que tu m'en voudras de...

—Lieutenant... l'interpella soudain l'hôtesse. J'ai...

Trop tard. Les portes de l'ascenseur s'étaient refermées. Sorg interrompit le message, retira le microdisk de son Trans et le posa sur le cendrier de la cabine.

—Au diable tes remords, Bran... lâcha-t-il en activant son pistolet laser.

Un faisceau de lumière concentrée réduisit le microdisk à l'état de pastille carbonisée. D'un geste du doigt, l'officier poussa les restes dans le réservoir de cendres.

Le lieutenant pénétra dans sa chambre quelques secondes plus tard. Une large baie vitrée donnait sur l'un des quatre hologrammes de la tour Eiffel installés autour de Paris. Le monument virtuel de couleur rouge étincelait dans la nuit tel un phare contemplant les marées humaines de la banlieue ouest.

Sorg s'arrêtait toujours dans cet hôtel lorsqu'il était de passage dans la mégapole, essentiellement en raison de la vue imprenable sur le parc sauvage de Thoiry. Son grand-père vétérinaire avait travaillé toute sa vie dans cette réserve, et son célébrissime père, Conan Lancray, général des armées, y avait développé sa passion pour les fauves. Lions... guépards... jaguars... quelques représentants de ces espèces quasiment disparues y étaient encore visibles aujourd'hui. Le regard perdu dans les lueurs nocturnes, Sorg réfléchissait à son frère, à cette maladie foudroyante qui l'avait emporté. Le rapport parlait d'une infection mortelle sans avoir pu déterminer la nature du virus.

*Il a dû choper cette saloperie dans son laboratoire,* pensa-t-il.

Toutes les dix secondes, un spot giratoire juché sur une enseigne venait zébrer les murs d'une lumière aveuglante. Cette atmosphère rappelait à Sorg les minutes précédant les combats nocturnes, ces instants terribles durant lesquels les projecteurs des navettes balayaient à intervalles réguliers les territoires ennemis. Chacun retenait son souffle, évaluant les forces en présence. Tout s'écrivait à cet instant... Tout se tramait dans les entrailles des hommes où s'entre-déchiraient la peur et la bravoure. La mort rôdait autour de ceux que la terreur submergeait.

Les créatures mi-tigre, mi-gorille, dirigées par Sorg et surnommées les Chimères de la Mort, excellaient à paralyser les forces adverses en poussant leurs feulements lugubres. Debout, elles dépassaient d'une tête les plus grands des soldats. Leur puissance leur permettait de terrasser les ennemis à la seule force de leurs crocs et de leurs poings. Difficile d'imaginer qu'une telle horde puisse obéir à un seul homme. Telle était pourtant la mission de Sorg : dompter les instincts sauvages de ces créatures pour qu'au moindre signal elles obtempèrent. Diffusées sur toutes les chaînes de la Confédération, les images du lieutenant entouré de ses trente bêtes étaient saisissantes. Trente mâchoires de tigre capables de déchiqueter n'importe quel être vivant en quelques secondes. Autant de corps de gorille pouvant broyer le moindre membre comme une allumette. Sorg et son père, le général Lancray, avaient réussi à transformer ces monstres féroces en bêtes de combat disciplinées. Du moins jusqu'au fiasco de l'attaque du grand observatoire lunaire...

Le spot de l'hologramme venait de frapper le visage de Sorg pour la énième fois lorsque des effluves de transpiration parvinrent à ses narines. Le lieutenant ne bougea pas. Il inspira lentement pour identifier l'odeur. Un animal était dans la pièce... cela ne faisait aucun doute. Peut-être s'apprêtait-il à bondir au premier de ses gestes. Sorg glissa silencieusement le long d'un mur de la chambre, sortit son pistolet laser et, d'un ordre bref, commanda la lumière. La pièce s'illumina instantanément. Une caisse en élastocarbone perméable à l'air était posée dans un coin de la chambre. Le lieutenant saisit le vidéophone qui traînait sur une table basse et appela le standard.

—Lieutenant Lancray ? répondit l'hôtesse.

—Une caisse a été déposée dans ma chambre. Vous ne m'en avez pas informé.

—J'ai voulu vous prévenir, lieutenant, mais les portes de l'ascenseur se sont refermées. J'allais vous appeler. La caisse a été déposée en même temps que l'enveloppe que je vous ai remise, par le même homme...

Sorg interrompit l'échange et huma de nouveau les effluves. L'odeur avait certaines caractéristiques du félin... mais que signifiait alors ces ondes de peur ? Un passe électronique commandait l'ouverture de la caisse.

*Quel nom de code a pu utiliser Bran ?*

Le lieutenant se souvint du premier mot lu sur le message du microdisk et composa « O – N – Y – X ». Le verrou claqua et la porte s'entrebâilla.

Son arme à la main, Sorg veillait. Tout ce qui provenait de Bran ne pouvait apporter que le malheur. Il entendit des trépignements, puis des gémissements. L'animal se terrait au fond de la caisse, apparemment terrorisé. Las d'attendre, le lieutenant poussa violemment la caisse du pied.

— Sors ! feula-t-il.

Pas de réaction. Il lâcha trois brèves rafales autour de la caisse, provoquant aussitôt une avalanche de petits cris. La bête refusait toujours de se montrer.

*Elle est terrorisée.*

Il ordonna l'extinction des lumières et mit ses lunettes de vision nocturne, puis attendit patiemment que l'animal sorte, ce qui se produisit après quelques minutes. Sidéré, Sorg pensa d'abord que ses optiques lui jouaient un mauvais tour, mais il dut se rendre à l'évidence : son frère lui avait légué les fruits de sa folie...

Le corps en son entier ne devait pas mesurer plus d'un mètre vingt. La silhouette était fine. Les poils, d'un noir luisant, ne recouvraient pas uniformément la peau : certaines zones, comme les membres supérieurs, en étaient presque dépourvues. Les membres supérieurs... Même si la créature ne lui apparaissait encore que de dos, il était d'ores et déjà évident que les pattes avant étaient... des bras d'enfant.

—Bran n'a pas fait ça... bredouilla Sorg.

À ces paroles, la chimère se tourna. Ce qui frappa d'emblée le lieutenant fut son regard pénétrant, presque dérangeant. Ses pupilles étaient deux perles noires trônant au milieu de larges iris d'un jaune presque ocre. Le duvet noir, d'apparence soyeuse, présent sur tout le visage accentuait l'étrangeté et l'éclat de ces grands yeux. Les traits étaient ceux d'une jeune panthère. Tout du moins la créature en avait-elle la mâchoire et le museau. Ses oreilles fines, dressées de chaque côté de la tête, se courbaient légèrement à leur extrémité, adoucissant la tendance anguleuse du visage. Le cou était fin, prolongé par des épaules frêles. Le reste du corps était un mélange de caractères félins et humains.

Sorg avait appris de son père à dresser les fameuses Chimères de la Mort, créées génétiquement dans les laboratoires de la Confédération. C'était à la tête de ces chimères qu'il avait attaqué, un mois plus tôt, le grand observatoire lunaire. Mais une chimère mi-humaine, mi-animal, comme celle qu'il avait sous les yeux...

—Le fou... lâcha-t-il.

La petite créature serra ses bras noirs contre son thorax, comme pour se protéger du froid. Elle était assise devant la caisse, ses pattes de jeune panthère repliées sous elle. Une longue queue s'agitait derrière son postérieur. Elle déplia ses genoux, renifla, puis avança timidement dans la chambre. Légèrement inclinée vers l'avant, elle tendait de temps en temps une main vers le sol pour assurer son équilibre. Mise à part cette attitude gauche, elle portait la tête haute, comme les humains, et sa silhouette était gracieuse.

Sorg restait immobile, sidéré par ce qu'il découvrait. Les recombinaisons d'embryons et les transferts de matériel génétique interespèces n'étaient autorisés qu'avec les animaux. En mêlant l'humain et l'animal, Bran avait franchi la *barrière éthique* !

Le vidéophone bourdonna. La créature prit peur et se réfugia dans la caisse.

—Lieutenant ? demanda l'hôtesse. Notre système de sécurité nous signale des impacts laser sur le sol de votre chambre. Avez-vous besoin d'aide ?

—J'ai tiré il y a cinq minutes, lâcha froidement Sorg. Il faudra revoir votre système. Envoyez deux hommes dans ma chambre. Je quitte l'hôtel dans un quart d'heure. Et ne me faites pas attendre !

## 3
## Conversation nocturne

Une fois passée la ceinture parisienne, le trafic se calma. À travers la lunette arrière, la silhouette rouge de la tour Eiffel virtuelle ne ressembla bientôt plus qu'à une minuscule aiguille incandescente. La navette filait dans la nuit à mille mètres d'altitude. Sorg avait prévu d'atteindre Saint-Malo avant une heure du matin. Selon l'ordinateur de bord, les conditions climatiques permettaient un atterrissage sans danger au fort de la Conchée. Le lieutenant enclencha le pilote automatique, passa les mains derrière son cou et poussa un long soupir. Puis, pour la première fois depuis son retour sur Terre, il saisit le Trans et activa le service Confident.

—Salut, père...

—*Salut, Sorg...* répondit l'appareil. *Je te croyais mort...*

Sorg sourit. De son vivant, son père n'avait aucun humour. Entendre sa voix sur le mode Convivial l'avait séduit lors de la connexion à ce service. Il suffisait d'adresser un enregistrement vocal d'un défunt à la Trans Company pour pouvoir dialoguer en retour avec le ou la disparue. Une intelligence artificielle modulait les réponses, le but étant de créer un simulacre d'échange qui restitue les liens affectifs entre les morts et les personnes les ayant connus. Selon les psychologues, ce type de produits nuisait à l'acceptation du deuil, mais Sorg n'en avait que faire. La voix de son père était la colonne vertébrale de son âme. Tous les principes guerriers — le courage, l'endurance, la dureté, la discipline ainsi que la science du commandement — lui avaient été inculqués par le général. Se confier de temps en temps à cette voix virtuelle restituait avec bonheur la relation qu'il avait eue avec son père, décédé huit ans plus tôt.

—Nous sommes le 21 juin 2075, déclara Sorg. Je suis revenu sur Terre, père... il y a trois semaines...

—*La dernière fois que tu m'as parlé... les Luniens venaient se s'emparer par ruse de l'observatoire hyperspatial sur la face cachée.*

—Affirmatif...

Un lourd silence s'installa.

—*Tu n'es pas très bavard...*

—Peu de temps après, l'état-major m'a demandé de reprendre le contrôle de cet observatoire.

—*Bravo !*

—La mission était délicate, la première initiative des Luniens ayant été de verrouiller tous les accès.

Impossible de pénétrer par les voies classiques. Le dôme résiste à toutes les températures et à tous les chocs.

—*Qu'a décidé l'état-major ?*

—Un tunnel a été creusé pour passer sous la structure, à trente mètres de profondeur. Plusieurs semaines ont été nécessaires pour le percement, en raison des attaques des rebelles.

—*Et tu as ensuite donné l'assaut avec nos chimères !*

—L'état-major comptait sur l'effet de surprise et sur la panique des Luniens pour neutraliser rapidement le site. Ils m'ont associé au capitaine Thorman sans me demander mon avis. Ils prétendaient que lui seul pouvait me guider dans l'observatoire... qu'il connaissait les lieux par cœur. J'ai conduit les chimères à l'extrémité du tunnel et... les derniers mètres ont été percés. J'ai lâché les bêtes. Les ennemis étaient terrorisés. Korny, Thor, Mudran, Shark et Vinx ont été foudroyées par leurs lasers. Les autres chimères ont nettoyé le secteur... au corps à corps.

—*J'aurais aimé mener l'offensive...*

—Je ne les avais jamais vues s'acharner autant sur des hommes, père. Je crois que l'ambiance lunaire les a rendues folles. J'ai déjà vu des humains victimes de crises de folie et d'hystérie après plusieurs jours sur le satellite... À côté des chimères, ce n'était rien ! Elles bavaient, feulaient... Impossible de les calmer !

—*L'observatoire est tombé entre tes mains ?*

—Non... père.

—*Que s'est-il passé ?*

Sorg avala sa salive.

—Je te l'ai dit, père : les chimères étaient incontrôlables... de véritables requins excités par le sang ! Je n'ai rien pu faire. Une fois les Luniens massacrés... elles ont commencé à retourner leur rage contre nous. Korgone a été la première à me défier. J'ai tenté de reprendre la situation en main, mais le capitaine Thorman a paniqué. Il a tiré plusieurs rafales dans les pattes de la chimère. La situation a empiré. Korgone s'est jetée sur moi et m'a entaillé la cuisse gauche. J'ai cru qu'elle allait me déchiqueter... Thorman a descendu Korgone et a tenté de regagner le tunnel. Il m'a porté sur son dos aussi longtemps qu'il a pu, avant de voir débouler les autres chimères. Il a fait exploser une grenade défensive pour couvrir notre fuite. Le tunnel s'est effondré quasiment sur nous... Thorman est mort, écrasé par un pilier. Quant à moi, je me suis réveillé à l'hôpital militaire de la base Armstrong avant d'être rapatrié sur Terre.

—*Que sont devenues nos chimères ?*

—Elles sont restées dans l'observatoire, coincées derrière les éboulis du tunnel.

—*Tu as donc échoué ?*

—Je n'aurais pas dû accepter la présence du capitaine Thorman, père.

*—Que compte faire la Confédération ?*

—Les Luniens ont été tués, mais les issues restent bloquées de l'intérieur. Ce ne sont pas les chimères qui pourront les déverrouiller. L'état-major a ordonné la réparation du tunnel pour pénétrer de nouveau dans l'observatoire. Avec les attaques incessantes des rebelles, ça va demander des semaines...

*—Les chimères sont enfermées ? Elles vont mourir de faim !*

—Rien à craindre de ce côté-là... Les réserves en nourriture et en eau sont suffisantes. Les ingénieurs avaient un stock de viande concentrée facilement accessible et un bassin d'eau potable qui leur permettaient de tenir plusieurs mois en cas de pépin.

*—Il faut agir vite, Sorg.*

—J'attends les ordres de l'état-major. Tant que le tunnel ne sera pas réparé, rien ne pourra être entrepris...

*—Toi seul peux contrôler nos chimères, Sorg. Toi seul... Ne les laisse pas faire... Je connais ces officiers... ils pensent à leur prestige avant de...*

Conscient des limites du service Confident, Sorg enclencha la touche Pause. Il se savait sur écoute, et ne dialoguait avec *son père* que pour échanger des informations non compromettantes. D'autres sujets de conversation s'imposaient de toute façon... Il réactiva le mode d'échange et annonça :

—Bran est mort... père.

*—Bran ?*

— Ton fils aîné…

C'était la première fois que le lieutenant évoquait l'existence de son frère à son « confident ». Celui-ci allait intégrer cette nouvelle donnée à tous les paramètres mis en mémoire. Sorg désactiva le Trans, se pencha vers le hublot et reconnut à l'ouest les lumières d'Alençon. Puis il réfléchit au cadeau empoisonné de Bran. Il avait été contraint d'emporter la jeune chimère avec lui. La caisse était solidement attachée à l'arrière de la navette. Si les services de la Confédération découvraient Onyx, sa carrière serait définitivement ruinée. On ne plaisantait pas avec les lois bioéthiques sur la planète.

— Bravo, Bran… soupira-t-il. Combien en as-tu fait de ce calibre-là ? Mon salaud… Tu ne me laisses pas le choix : il faut que je m'en débarrasse…

# 4
# Octavio

Le fort de la Conchée était une forteresse dressée sur un îlot rocheux à quatre kilomètres au large de l'ancienne cité corsaire. Du ciel, ce chef-d'œuvre d'architecture militaire apparaissait comme un lourd vaisseau de granit échoué au milieu des flots. Au dix-septième siècle, le fort servait de défense avancée et protégeait l'unique mouillage que pouvait utiliser une flotte ennemie pour attaquer Saint-Malo. Le général Lancray l'avait acquis au retour de sa victorieuse campagne lunaire en 2051. Il lorgnait depuis longtemps cet édifice solide à la beauté rugueuse qui avait fait la fierté de son concepteur, l'illustre maréchal Vauban.

Sorg avait alors trois ans, Bran, six. Les enfants s'étaient approprié le fort, qui devint vite un fabuleux terrain de jeu. Pas un seul recoin, pas un seul trou ne leur échappa. Ils se poursuivaient sans relâche sur la terrasse et les remparts. Dans les salles souterraines aux spendides voûtes, dues à l'extraordinaire maîtrise des bâtisseurs, ils reconstituaient les plus grandes batailles du passé.

Sorg survola la cité malouine et jeta un regard sur l'île de Cézembre, perdue dans l'obscurité à l'ouest de l'île de la Conchée. Sur cet îlot étaient encore détenues trois Chimères de la Mort, qui n'avaient pas participé à la Guerre lunaire en raison de problèmes de santé. Le lieutenant actionna les rétromoteurs audessus du bâtiment. La navette éructa, puis se posa sur la piste d'atterrissage, réduite à un simple plateau circulaire aménagé sur la partie est de la forteresse. Une fois l'engin stabilisé, Sorg coupa les moteurs et détacha son harnais. De Cézembre lui parvint distinctement les hurlements lugubres des trois chimères. Octavio, le fidèle serviteur, apparut à cet instant :

—Comment vont-elles ? demanda Sorg.

—Elles se portent bien. Elles ont dévoré tous les quartiers de viande que...

—Tu trouveras une caisse à l'arrière de la navette, l'interrompit Sorg. Le code d'ouverture est O – N – Y – X. Elle contient une chimère. Enferme-la dans l'une des cellules souterraines. J'aviserai demain.

Octavio posa la question qui lui brûlait les lèvres :

—Tu as assisté à l'incinération ?

—Je suis arrivé à la fin. J'étais seul. Il n'avait aucun ami. Il a fini comme un chien.

Le vieil homme inclina lentement la tête.

—Et l'urne ? lança-t-il en redressant son visage.

Sorg croisa le regard d'Octavio et comprit qu'il valait mieux mentir.

—Il voulait que ses cendres soient dispersées à Paris…

Le serviteur pinça les lèvres et resta figé dans le silence. Le lieutenant tapa amicalement sur son épaule et s'éloigna en direction de sa chambre.

Une fois seul, Octavio accomplit sa tâche. Malgré son âge avancé, il conservait une vigueur exceptionnelle. C'est cette force hors du commun qui avait décidé le père de Sorg à l'engager à ses côtés pendant le conflit lunaire de 2051, mais ses qualités ne s'arrêtaient pas à ce critère physique. Sa curiosité et son goût pour les sciences l'avaient amené à maîtriser des connaissances dans les domaines les plus variés, ce qui en avait fait un auxiliaire précieux dans l'éducation de Sorg et de Bran. Il travaillait avec abnégation, et avait toujours satisfait le général.

Cette nuit-là, en traînant la caisse dans les couloirs du fort, Octavio pleura. Il pensait aux deux frères, Sorg et Bran, qu'il avait connus depuis leur plus jeune âge. Il les avait aimés comme s'ils étaient ses propres fils. Le départ brutal de Bran, treize ans plus tôt, l'avait terriblement affecté. Le garçon avait une intelligence vive et une sensibilité à fleur de peau. Lui seul s'était intéressé au passé du vieil homme. Le serviteur lui avait raconté son engagement dans les forces de la Confédération américano-européenne au moment où l'armée spatiale sino-japonaise pensait avoir définitivement gagné la guerre. Octavio avait suivi le général Lancray dans la campagne victorieuse qui avait fait basculer l'issue du conflit, devenant même son aide de camp attitré. À la fin des hostilités, le général lui avait proposé de rester à son service.

Les cheveux grisonnant, les yeux d'un bleu lumineux, Octavio avait plus tard obéi aux dernières volontés de son maître en veillant sur le fort après sa mort. Que serait devenu Sorg sans son aide précieuse ? Le serviteur plaqua la caisse face à l'entrée de la cellule et composa le code.

—O – N – Y – X, murmura-t-il. Ainsi tu t'appelles Onyx…

À l'instant où la caisse s'ouvrit, des petits cris retentirent. Surpris, le vieil homme recula. Sous ses yeux effarés, deux bras d'enfant et un museau de panthère émergèrent de l'obscurité…

Le lendemain matin, debout dans la cuisine, Octavio attendait Sorg de pied ferme. Les deux hommes se levaient toujours à l'aube : une règle qu'avait imposée le général de son vivant.

—Qui te l'a donnée ? demanda d'emblée le serviteur.

—Legs de mon frère. Beau cadeau, non ?

—Elle est…

—En partie humaine, coupa Sorg.

Octavio restait immobile, le visage décontenancé.

—Je m'en occupe, déclara le lieutenant.

Il se leva et disparut dans les longs corridors du fort. En arrivant devant la cellule souterraine, il entrevit la chimère blottie dans sa litière. Il déclencha l'ouverture de la grille et ordonna :

—Approche ! Dépêche-toi !

La créature restait immobile. Sorg activa son Trans sur le mode Faisceau laser et le dirigea sur la chimère. Brûlée par le rayon, Onyx hurla et sortit de la cellule à toute allure. Le lieutenant se jeta sur elle, l'attrapa par la peau du cou et la traîna jusqu'à la cour du fort. Terrorisée, Onyx se débattait. Elle tenta plusieurs fois d'échapper à l'étreinte de Sorg... en vain. Ses yeux effarés cherchaient désespérément un secours.

—Sorg ! s'écria Octavio en surgissant sur la terrasse.

Le lieutenant ne répondit pas. Au contraire, il accéléra sa marche. Parvenu sur les remparts, il souleva Onyx à bout de bras et la jeta à la mer, le plus loin possible. Octavio le rejoignit... pour découvrir la créature emportée par les tourbillons.

—C'était une chimère humaine, lâcha le lieutenant. Conçue par le cerveau malade de mon frère !

—Quelle folie t'a pris ? fulmina le vieil homme.

Sorg tendit le bras vers le serviteur en guise de menace :

—Sais-tu ce que je risque si la Confédération la découvre ici ?

Le regard d'Octavio s'illumina brusquement. Il saisit le bras du lieutenant et lui indiqua des rochers qui émergeaient à quelques mètres des remparts. Une petite silhouette sombre tentait de s'y agripper : Onyx.

—Regarde... Elle a échappé aux tourbillons.

L'officier dégaina son pistolet laser et ajusta la créature.

—Ne fais pas ça ! s'insurgea Octavio.

—C'est une chimère humaine, répéta Sorg. Les lois de la Confédération sont claires : elle ne peut pas... elle ne doit pas vivre !

—Laisse-la... Personne n'en saura rien.

La créature réussit à se hisser sur un rocher escarpé. Elle fixait à présent les silhouettes des deux hommes. Le lieutenant la tenait toujours en joue.

—Elle nous sera utile pour l'entretien du fort. On lui apprendra certaines tâches ménagères. Je n'ai jamais rien demandé à ta famille depuis mon arrivée ici. Près de vingt-cinq ans que je vous sers... Je t'en prie...

Sorg se tourna et fixa un long moment son fidèle serviteur. Où voulait-il en venir ? Il le connaissait depuis toujours. Octavio lui avait enseigné tout ce qu'il savait dans les domaines les plus variés. Il respectait l'homme, sa science, son abnégation aussi.

—Quelle soit morte ou en vie, quelle différence pour toi ? Regarde comme elle s'accroche à la vie, insista le serviteur. Laisse-la vivre... Bran a bien réussi à la cacher pendant des années. Qui nous empêcherait de la garder ici ?

Sorg esquissa un sourire. Octavio trouvait toujours utiliser les mots justes pour parvenir à ses fins.

—Accordé, lui dit-il. Va la chercher !

Le vieil homme ne se fit pas prier. Il dévala les corridors, lança une embarcation à l'eau et captura la chimère.

—Tu as gagné, Bran... marmonna Sorg en désactivant son arme. Pour l'instant...

Octavio ramena Onyx dans sa cellule souterraine. La créature épuisée resta étendue à même le sol, toute haletante. Son thorax se soulevait et s'affaissait à un rythme effréné. De son pelage humide s'écoulait de l'eau de mer, formant une large flaque autour de son corps. Ses paupières étaient closes. Le serviteur s'agenouilla à ses côtés et l'observa longuement, détaillant le moindre de ses traits. *Pourquoi Bran t'a-t-il créée ? Pourquoi ?*

Bran n'avait jamais remis les pieds au fort après son bannissement. Treize longues années de silence... Octavio s'était souvent demandé s'il le reverrait un jour. Il avait espéré en secret recevoir de ses nouvelles après la mort du général, mais il n'en fut rien.

Brillant dans les études, le frère de Sorg avait cumulé les diplômes de médecin et de généticien. Il s'était difficilement entendu avec les chercheurs mercantiles choyés par la Confédération, ces jeunes loups de laboratoire assoiffés de réussite, prêts à tout pour maintenir leur avance sur leurs confrères. Combien d'entre eux avaient déjà eu la tentation de créer une chimère humaine ? Combien avaient déjà essayé ? Sous couvert de recherche médicale ou fondamentale, combien étaient déjà passés à l'acte sans que l'opinion le sache ? La dérive était si facile...

*Tous ces chercheurs, Bran les avait pourtant quittés,* se dit le vieil homme. *Alors pourquoi ?*

Octavio observait les traits gracieux d'Onyx, maintenant endormie.

*Tu es fascinante...*

Il tendit la main et caressa le poil noir et soyeux de la chimère.

*Dans ton malheur... tu as eu de la chance. Ton créateur était un maître...*

Le vrombissement d'un moteur l'interrompit. C'était Sorg qui partait aux abattoirs chercher de quoi nourrir les bêtes.

*J'essaierai de te protéger.*

# 5
# Les chimères de Cézembre

L'approvisionnement en viande fraîche était une tâche quotidienne à laquelle Sorg ne se soustrayait jamais... sauf quand il s'absentait du fort, bien sûr. Dans ce cas, Octavio le suppléait.

Les habitants de Saint-Malo s'étaient habitués depuis longtemps aux rondes matinales de la navette au-dessus de leur cité. L'engin décollait du fort de la Conchée, atterrissait au milieu des abattoirs — construits à une vingtaine de kilomètres de la ville —, repartait en direction de Cézembre et lâchait avec précision sa cargaison au-dessus de la horde affamée des chimères. Avant la mission lunaire, l'île en abritait trente, toutes issues des prouesses des généticiens de la Confédération.

La navette venait de se poser devant l'abattoir quand Sorg fut accosté par Misaël, le responsable du site. Une amitié d'une vingtaine d'années les unissait.

— J'ai appris pour Bran, dit l'homme. Une « infection virale foudroyante »! C'est quand même un comble pour un médecin... il n'avait que trente ans!

Sorg ne réagit pas.

—Tu veux voir nos quartiers de viande? continua Misaël, embarrassé. On a reçu du porc et de l'autruche. Qu'est-ce que tu préfères?

—Du porc.

Misaël fit passer les ordres et revint auprès de son ami.

—Octavio m'a raconté que Bran avait choisi l'incinération...

—Exact...

Misaël avait bien connu Bran, dans sa jeunesse. Il aurait voulu évoquer son souvenir, mais Sorg restait muet.

—Je sais que tu voudrais parler de lui, lança soudain le lieutenant, mais pourquoi remuer tout ça? Il a refait sa vie à Paris. Il y est mort, un point c'est tout!

Un ouvrier apporta les kilos de viande fraîche et les chargea dans la soute.

—Je t'offre à boire? demanda Misaël.

—Merci, mais je n'ai pas le temps. Je suis rentré cette nuit et du boulot m'attend.

La navette redécolla et prit la direction des plages. Des enfants agitèrent leurs mains lorsqu'elle passa à la verticale des remparts. Sorg jeta un regard sur le Fort national, puis incurva sa trajectoire vers Cézembre.

De la côte, l'île ressemblait à un torse flanqué de deux mamelons pointés vers le ciel. Le destin de Cézembre était l'un des plus étonnants de la côte bretonne : elle avait d'abord servi de refuge à des ermites et à des moines, avant de jouer un rôle stratégique dans la défense de Saint-Malo. Au vingtième siècle, dans les derniers instants de la Deuxième Guerre mondiale, une pluie de bombes était tombée sur elle afin d'y déloger une garnison allemande. Les témoins de l'époque avaient parlé d'un enfer d'acier, de feu et de napalm[3].

Tandis que la ville de Saint-Malo, presque entièrement anéantie, était très vite reconstruite, Cézembre garda longtemps ses cicatrices. Probablement pour rappeler aux générations qui l'auraient oublié de quoi était capable la folie des hommes…

Les silhouettes de Brutone, de Cadmio et de Xaniou se découpaient sur le promontoire. Depuis le retour de mission du lieutenant, les chimères étaient extrêmement nerveuses. Leur instinct captait probablement les blessures que Sorg avait subies lors de l'attaque de Korgone, la plus puissante d'entre elles.

La navette atteignit Cézembre et dessina plusieurs cercles au-dessus de l'île. Brutone, la plus agitée des trois chimères, fixait l'appareil dans une attitude de défi. Xaniou et Cadmio, excitées par l'audace de leur compagne, montraient également leurs crocs.

3. Napalm : essence gélifiée utilisée pour le chargement de projectiles incendiaires.

Sorg s'immobilisa à une dizaine de mètres au-dessus du promontoire et activa le système de largage. La trappe de la soute arrière s'ouvrit dans un crissement assourdissant et les quartiers de viande tombèrent un à un sur le plateau d'approvisionnement. Brutone écarta ses rivales à coup de rugissements menaçants et s'empara des meilleurs morceaux. Xaniou et Cadmio attendirent leur tour, affamées, sur un rocher escarpé. Avec ses deux mètres trente et ses deux cents kilos, la leader des chimères pouvait repousser ses deux compagnes sans difficulté. Ses crocs de tigre déchiquetèrent la viande en quelques secondes. Dressée sur ses pattes de gorille, elle engloutissait la nourriture avec une voracité effrayante. Sa puissance rappelait celle d'Assur, la toute première chimère arrivée sur l'île, vingt ans auparavant.

Assur avait été conçue à New York dans le laboratoire le plus sophistiqué de la planète. Le général Lancray, auréolé du prestige acquis pendant la Première Guerre lunaire, avait été choisi par le gouvernement de la Confédération pour tester les qualités combatives de la créature. Sorg avait sept ans, et le souvenir de cette chimère, accueillie avec tous les honneurs, resta à jamais gravé dans sa mémoire. Le transport d'Assur de New York à Cézembre fut assuré par une navette de l'armée spécialement aménagée pour la circonstance. La cage avait été déposée avec mille précautions sur l'île, ceinturée par un champ magnétique. La chimère avait un pelage sombre zébré de bandes claires. Sa tête de tigre fichée sur un corps de gorille avait impressionné tous les officiels. Impériale, elle arpentait sa prison en un lent balancement régulier, presque mécanique. Tous ses sens semblaient en éveil.

Le général avait tenu un bref discours devant les médias. Le maire de Saint-Malo s'était félicité du privilège d'accueillir la première Chimère de la Mort et avait salué la performance des laboratoires militaires de la Confédération. Il avait assuré que tout serait mis en œuvre pour faciliter son approvisionnement en nourriture. Il avait même fait rire l'assemblée en estimant que le général Lancray aurait désormais un rival de sa trempe à deux pas de chez lui. La chimère avait ensuite été lâchée. Des « Oh » d'admiration avaient empli la plage de l'île. Retranchés derrière la barrière magnétique, les invités admiraient la prestance de la créature et commentaient sa vivacité en dépit de la fatigue du voyage. Un seul homme se taisait : le général. Son regard lumineux fixait celui d'Assur...

La chimère se plut sur son île. Elle s'adapta très vite à la grotte artificielle conçue pour son confort. Les Malouins s'étaient habitués à ses rugissements, portés parfois jusqu'à la côte par le vent marin. Cézembre avait été choisie pour sa situation idéale : proche du fort, elle restait sous le contrôle du général sans être totalement isolée du continent. Assur était en détention, mais elle pouvait apercevoir au loin les humains massés sur les remparts. Elle se « familiarisait » avec eux, en quelque sorte.

Chaque jour, la famille Lancray lui rendait visite.

« Observez-la bien, conseillait le général à ses fils. Bientôt, d'autres arriveront et nous serons à la tête du plus redoutable commando que nos armées aient jamais connu. »

Parfois, l'officier désactivait le sas magnétique et allait tutoyer la bête. Bran et Sorg ouvraient grands leurs yeux, cherchant à comprendre comment une chimère aux instincts si sauvages pouvait se laisser approcher par un homme seul, sans défense. Le général rappelait alors que son père, au parc de Thoiry, se déplaçait au milieu des lions et des guépards en toute sécurité.

« Que ce soit dans la jungle, à Thoiry ou ailleurs, expliquait-il, les prédateurs vous attaqueront s'ils vous reconnaissent comme une proie facile… et s'ils ont faim ! Si vous êtes un tigre au plus profond de votre être, vous parviendrez à les approcher sans risque. »

« Devenir un tigre ? » s'étonnaient ses fils.

« Pas physiquement, bien sûr… je parle des énergies qui se dégagent d'un être et qui sont perçues d'instinct par l'animal. »

Les rapports obscurs entre le général et Assur parachevèrent la fascination des enfants pour leur père.

Juste au-dessous de la navette, Brutone, Xaniou et Cadmio terminaient leur festin. Sorg actionna le système de fermeture de la trappe, redéclencha les moteurs axiaux et lança la navette en direction du fort de la Conchée.

## 6
## Première séance de dressage

À son retour au fort, Sorg trouva Octavio en compagnie d'Onyx dans le salon principal. La créature était assise sur ses pattes de derrière au milieu de la pièce, le regard posé sur le vieil homme. Ses longs yeux dessinaient deux ovales étirés. Calme et silencieuse, elle sortait d'un court sommeil réparateur. Sa silhouette fine tranchait avec les montagnes de muscles qu'étaient les Chimères de la Mort.

*Bran ne devait pas en être à son premier essai,* se dit Sorg. *Jamais il n'aurait pu concevoir une telle chimère du premier coup.*

Assis sur une chaise du salon, Octavio restait subjugué par la grâce de la créature.

— Approche… lança-t-il avec douceur.

La queue de la petite créature se mit à frétiller, mais Onyx n'avança pas pour autant. Ses longs yeux tentaient de lire les intentions du vieil homme.

— Laisse-moi faire ! intervint Sorg.

Le lieutenant ouvrit un coffre de nourriture et en

sortit un poisson salé qu'il déposa sur le sol, à quelques mètres d'Onyx. Puis il décrocha du mur le fouet de son père et le courba entre ses mains.

— Revenons aux bonnes vieilles méthodes, lança-t-il. Tu te souviens, Octavio, quand père utilisait ce fouet pour dresser Assur ? C'était beaucoup plus impressionnant que les faisceaux laser.

Onyx s'était déjà approchée du poisson en claudiquant. Elle s'apprêtait à le saisir lorsque le lieutenant brandit son fouet et le fit tournoyer au-dessus d'elle. Terrifiée, la créature partit se réfugier sous la grande table en chêne du salon.

— Elle ne mettra pas longtemps à nous obéir, sourit-il. Elle a la peur au ventre...

Sorg fit claquer la lanière et toucha les flancs d'Onyx. Octavio serra furieusement les poings. La chimère poussa une longue plainte aiguë à la limite de l'audible.

— Tu entends ce cri ? s'étonna Sorg. Elle doit avoir une anatomie complexe.

Il brandit de nouveau le fouet et ordonna :

— Onyx ! Au pied !

La créature, prudemment, sortit de sous la table. En appui sur ses deux mains et ses deux pattes arrière, elle avançait maladroitement, visiblement « sonnée » par le coup de fouet. Des gouttes de sang marquaient le sol sur son passage.

— Tu l'as blessée, s'insurgea Octavio.

— Tu as voulu la garder, alors laisse-moi la dresser ! Elle sait maintenant ce qu'il en coûte de ne pas obéir. L'apprentissage de la douleur est la première étape qui va la conduire à l'obéissance. Refus égale souffrance. Je ne lui donne pas dix jours avant qu'elle intègre cette équation.

— Ce n'est pas une Chimère de la Mort, rétorqua Octavio. Regarde comme elle est frêle…

— Frêle parce qu'elle est jeune… Mais que va-t-elle devenir ? Ce fou de Bran a peut-être conçu une « bombe à retardement », un être qui formera ses muscles d'ici à quelques années. Je veux bien l'épargner, mais ne compte pas sur moi pour la laisser développer ses instincts. Cette créature a du sang de félin. Il faut lui montrer dès maintenant qui est le maître.

— Elle a du sang humain, Sorg !

Le lieutenant sortit son pistolet laser et le braqua sur la chimère.

— Prends garde, Octavio ! Que ce soit clair entre nous : je lui ai laissé la vie sauve parce que tu me l'as demandé, mais je n'hésiterai pas à la supprimer si tu t'opposes à mes plans. Je ne sais pas ce qui a poussé mon frère à créer cette chimère, mais si on apprenait que nous l'avons gardée, tu sais aussi bien que moi que nous finirions tous les deux dans les geôles de la Confédération. Je vais en faire une créature obéissante qui ne sortira jamais du fort. Mais auparavant, donne-moi ta parole que tu n'interviendras pas dans son dressage.

Sorg attendit quelques secondes, son arme pointée sur Onyx. La créature s'était arrêtée. Assise sur son postérieur, elle semblait lire les mots sur les lèvres de son maître, à moins qu'elle ne trouvât intriguant cet « exercice » de la bouche qui produisait des sons étonnants.

— Écoute ce que j'ai à te dire, répondit Octavio. Je ne suis qu'un vieux serviteur et je vais bientôt passer dans l'autre monde. Je t'ai enseigné tout ce que je savais, mais il te manquera toujours l'essentiel : arriver à accepter le monde tel qu'il est et...

— Je suis un guerrier, Octavio. Je suis né pour dominer le monde, pas pour le subir. Alors, ce dressage ?

Le vieil homme tourna la tête vers Onyx. La créature ne bronchait pas malgré une épaule rouge de sang. Il se leva et sortit.

Sorg fixa une longue chaîne et un collier autour du cou d'Onyx avant de la traîner dans la cour de la forteresse. Il emporta avec lui le fouet de son père.

— Va ! gronda-t-il.

La petite chimère prit la chaîne entre ses mains et commença à avancer sur le granit. Elle marchait lentement, le regard glissant sur les remparts qui ceinturaient la cour, puis elle s'immobilisa et resta un long moment à contempler le soleil. Réalisait-elle que cette boule étrange était à l'origine des picotements de chaleur qui parcouraient ses bras ?

— Marche ! hurla de nouveau Sorg.

Onyx obéit et poursuivit sa ronde autour de son dresseur. Un filet de sang continuait de sourdre de son pelage noir, mais il coagulait avant de tomber sur le sol.

— Cours ! ordonna soudain Sorg en fouettant les airs.

Au claquement du fouet, Onyx prit peur. Elle poussa des petits cris stridents et se réfugia près d'une meurtrière. Sorg tira plusieurs fois sur la chaîne, mais la chimère s'agrippait aux pierres. Le nez tourné vers le large, elle découvrait la vaste étendue de l'océan.

*Voilà cet élément étrange où j'ai failli perdre la vie...* semblait-elle se dire, le regard empli de crainte et de fascination.

— Lâche ! cria le lieutenant en faisant claquer de nouveau la lanière.

Non seulement Onyx tint bon, mais elle émit des cris de terreur qui devinrent vite insupportables. Sorg dut plaquer ses mains contre ses oreilles pour protéger ses tympans. Dès qu'elle cessa de hurler, le lieutenant l'attacha à un anneau d'acier et partit dans les appartements du fort. Il revint une minute plus tard muni de bouchons de cire. Il allait les enfoncer dans ses oreilles lorsqu'il tomba en arrêt devant le collier posé à terre. Onyx avait disparu.

— Octavio !

Le vieil homme apparut aussitôt dans la cour.

— Où est Onyx ? Tu l'as détachée ?

— J'étais aux cuisines, grommela le serviteur.

— Elle a réussi à enlever son collier. Il faut la retrouver !

Les deux hommes partirent chacun dans une direction. Ils fouillèrent les moindres recoins du fort, parfois deux, voire trois fois de suite. Les salles voûtées qui s'accrochaient directement au rocher furent toutes passées au peigne fin. Mais rien !

— Elle ne s'est tout de même pas volatilisée ! répétait Sorg.

— Et si elle avait sauté par-dessus les remparts ? s'inquiéta Octavio.

— Dans ce cas, elle s'est noyée pour de bon. Je pensais que blessée comme elle l'était...

Le lieutenant s'interrompit brusquement. Il leva le bras et désigna un conduit d'aération surgissant du toit.

— C'est trop haut, lâcha Octavio. Comment aurait-elle pu...

— On ne sait pas de quoi elle est capable, déclara Sorg. Ce conduit mène à la salle des reliques. Tu es allé voir ?

— Non. Je me suis dit que, la pièce étant toujours fermée...

Sorg fila dans le grand salon, descendit à l'étage inférieur et atteignit rapidement la porte d'accès à la chambre musée. Il activa son Trans, composa le code de déverrouillage et entendit le claquement sec d'une mâchoire d'acier. Les deux montants de la porte blindée s'entrouvrirent. On pénétrait dans cette chambre comme dans un sanctuaire. La pièce avait d'ailleurs été aménagée dans cet esprit. Des pseudobougies faisaient vaciller en permanence leurs flammes virtuelles. Les hologrammes des ancêtres de Sorg trônaient au-dessus de leurs noms respectifs. Le lieutenant s'avança à pas de loup. Le portrait de sa mère jouxtait celui de son père dans son uniforme de général des bataillons lunaires. De nombreux objets ayant appartenu au général étaient disposés autour de son effigie : une sélénosphère en pierre lunaire offerte par l'Institut de sélénographie de Paris, un exemplaire rare de l'*Atlas-guide photographique de la Lune* de Georges Viscardy et, surtout, un fragment de la sonde américaine *Ranger 7* qui s'était écrasée en 1964 dans la mer des Nuées.

Sorg contourna ces reliques en éclairant les moindres recoins de la chambre. Sous le conduit d'aération, une légère traînée rouge trahissait le passage de la chimère. Le lieutenant repéra deux caches possibles : un coffre en titane lunaire contenant l'uniforme de son père et une tenture masquant une fenêtre condamnée. Il s'approcha de cette dernière, son pistolet laser au poing, et la souleva brusquement... pour ne découvrir que quelques araignées affolées par le faisceau lumineux du Trans. Restait le coffre... Sorg avança vers le meuble, ouvrit le couvercle d'un geste rapide et braqua son arme à l'intérieur. Onyx était là, le corps ensanglanté... Elle s'était endormie au milieu des vêtements de guerre du général.

Quand il vit arriver Sorg avec Onyx dans ses bras, Octavio crut que la chimère était morte.

— Elle dort, déclara le lieutenant. Je la ramène à sa cellule. La nuit tombe, et j'ai faim.

Autour de la forteresse, l'océan commençait à s'agiter. Une tempête se préparait. Certaines vagues déferlantes dépasseraient probablement la hauteur des remparts pour s'abattre comme des montagnes d'eau dans la cour principale. Il fallait avoir les nerfs solides pour supporter pareil enfer. Sorg et Octavio avaient de longues années d'accoutumance derrière eux. Ils mangèrent sans s'inquiéter le moins du monde et gagnèrent leur chambre sous les hurlements de la tempête, qui augmentait en férocité. Juste avant de se coucher, Sorg ouvrit sa fenêtre. La fureur des éléments ravivait son âme guerrière. Les yeux clos, il inspira profondément et s'imprégna de la force dégagée par l'océan. Cet exercice, Bran et lui l'avaient répété à chaque tempête sur ordre de leur père.

De son côté, Octavio, avant de rejoindre son lit, alla vérifier que la chimère dormait... Elle dormait, ce qui le rassura quelque peu.

# 7
# Nuit de tempête

Allongé sur son lit, Octavio pensait à Onyx. Le regard apeuré de la petite chimère hantait son esprit. Tandis que la tempête s'acharnait contre les remparts du fort, le vieil homme se posait mille questions : une chimère mi-humaine mi-féline pouvait-elle penser ? Pouvait-elle rêver ? Ses paupières étaient-elles fermées sur un monde clos ? Derrière le voile sombre de son sommeil s'étiraient peut-être des fils invisibles la reliant à son passé, à ces jours froids où la seule chaleur qu'elle ait jamais reçue vint de la main d'un homme, Bran, qui lui caressait de temps en temps le pelage pour lui procurer douceur et réconfort. Qui étaient ses parents ? Quelque part sur la Lune ou sur la Terre vivaient un homme et une femme qui avaient un jour accepté de léguer ou de vendre un embryon à la science. À moins que l'embryon n'ait été obtenu en laboratoire à partir d'un spermatozoïde et d'un ovule humains prélevés anonymement. Dans l'un ou l'autre cas, un homme et une femme en ce monde ignoraient certainement qu'une partie d'eux-mêmes avait contribué à la création d'une chimère répondant au nom d'Onyx. Dans une forteresse assiégée par les vagues dormait une créature qui, en quelque sorte, était leur enfant. Deux humains... et deux panthères, car Onyx n'existerait pas non plus sans les gènes de deux félins, mâle et femelle. Quatre parents « recombinés » qui avaient peu de chances de s'être rencontrés. Ils avaient pu vivre à des époques différentes puisque les lois éthiques permettaient la congélation des spermatozoïdes, des ovules et des embryons. Bran lui-même avait-il su d'où provenaient les cellules souches de sa créature ?

Quels étaient les rêves d'Onyx en cette nuit tourmentée par l'assaut des vagues ? Peut-être se souvenait-elle de la mère porteuse qui lui avait prêté son ventre ? Était-ce une panthère ? Une femme ? Ou peut-être une machine conçue dans le plus grand des secrets, une sorte de matrice artificielle encombrée de tuyaux d'alimentation et de déjection... avec un ordinateur gérant la nourriture à tout instant... des muqueuses tapissant les parois pour restituer l'ambiance d'une gestation... des battements de cœur artificiels ajoutant une touche affective au décor. Le tout évoquant un ventre. Et, au milieu de cet imbroglio de tuyaux, une voix : celle de Bran... comptant les doses de liquide amniotique, fredonnant une chanson entendue le matin à son lever.

Mais, finalement, Onyx n'a peut-être eu qu'un

seul vrai parent : Bran, qui l'a imaginée, qui a osé la concevoir. Bran, qui lui a consacré des années de sa vie. Bran, qui est mort en la laissant orpheline.

Quels étaient les rêves d'Onyx ? Peut-être revivait-elle cet instant où, projetée dans la mer, elle s'était débattue comme une folle pour s'accrocher à un récif. Elle qui n'a probablement connu dans ses premières années que les murs et les couloirs d'un laboratoire, l'étendue de l'océan avait dû la fasciner et la terrifier. La mer et son goût salé, le sel qui colle à ses bras, son premier contact avec les tourbillons de l'eau. Elle s'en était sortie. Peut-être revivait-elle son réveil, tout engourdie ? Le fouet qui se met à claquer sur ses flancs... les injonctions du lieutenant... Et comme la voix de Bran devait lui manquer ! Cette voix rassurante, chaleureuse... Avait-elle eu envie de mordre celui qui la frappait, de se jeter sur Sorg pour le saisir à la gorge ?

Ce n'est que tard dans la nuit qu'Octavio réussit à trouver le sommeil.

À l'étage supérieur, le lieutenant endormi se tournait et se retournait dans son lit. La gueule béante de Korgone revenait continuellement hanter ses rêves. Korgone et les vingt-neuf autres chimères qu'il avait dressées avec son père après la mort d'Assur. Dès la première année, le général avait conçu la salle des Quatre Éléments dans le sous-sol du fort... un endroit où tout était étudié pour briser les tentatives d'insurrection des jeunes créatures. Après plusieurs mois de travail intensif, les trente bêtes furent finalement soumises au pouvoir de Sorg. Le jeune homme avait appris de son père comment utiliser la force du regard. Quand certaines, comme Korgone, osaient le défier, il n'hésitait pas à les fouetter jusqu'au sang. Le général lui-même avait été surpris de la violence avec laquelle son fils se déchaînait sur les bêtes, intervenant plus d'une fois pour préserver leur santé.

« N'abuse jamais de ton pouvoir ! tonnait l'officier. Recherche toujours la sanction juste... Sois ferme, mais ne cède jamais à la tyrannie ! »

Sorg tremblait comme un dément mais obéissait finalement à son père et cessait de s'acharner sur les créatures.

*« D'où vient cette rage ? »* se demandait le général.

Dans les instants de tension extrême, tout peut se lire dans le regard. Celui de Sorg était chargé d'une souffrance indicible...

Dans la deuxième phase du dressage, l'adolescent ne devait plus affronter une, mais deux jeunes chimères en même temps.

« Tu ne peux plus compter sur la seule puissance de ton regard, l'avait prévenu le général. Tu dois *être* ton regard. Toute la force de domination que contiennent les flammes de tes yeux, toute cette volonté de pouvoir que je t'ai appris à maîtriser et à concentrer doit désormais émaner de ton corps. Ta marche, ta respiration, le moindre de tes gestes doivent être l'expression de ce pouvoir. Laisse-leur une once de doute sur ta valeur et ces bêtes fonceront sur toi. »

Sorg fermait les yeux et respirait profondément.

« Qui est le dominant ? » demandait le général à son fils avant son entrée dans les cellules.

« Je suis le dominant », répondait Sorg.

Korgone... Ses grognements continuaient de retentir dans le rêve de Sorg. Dix Luniens venaient d'être terrassés par les chimères. Korny, Thor, Mudran, Shark et Vinx étaient mortes foudroyées. Est-ce la vue de leurs cadavres qui fit se dresser Korgone contre lui ? La chimère avait brusquement fait volte-face et l'avait menacé. Solidement juchée sur ses pattes de gorille, elle avait feulé, découvrant ses énormes crocs. Ses oreilles de tigre s'étaient dressées sur son pelage de feu. Ses avant-bras balayaient l'espace comme pour tester les réactions de son maître. Les autres chimères, surprises par l'audace de leur compagne, avaient stoppé leur avance.

—Korgone ! Repos ! Repos !

Ces quelques injonctions suffisaient d'habitude à calmer l'agressivité des bêtes. Ce jour-là, Korgone s'était fait plus menaçante. Le capitaine Thorman n'aurait jamais dû tirer ! L'officier avait blessé la chimère… et provoqué la fureur des autres bêtes. Korgone, folle de douleur, avait chargé et saisi dans sa mâchoire la cuisse gauche de Sorg…

Le lieutenant se redressa brusquement sur son lit et chercha son arme comme un fou furieux. Lorsqu'il réalisa qu'il sortait d'un rêve, il expira lentement l'air de ses poumons et attendit, assis, pendant quelques secondes. Puis il se rallongea en maudissant son cauchemar.

Couchée en chien de fusil sur sa litière, sa longue queue remuant de temps en temps, Onyx dormait. Ses paupières frémissaient parfois. Peut-être rejoignait-elle Bran par le biais des songes ?

## 8
## Repas de fauves

Le soleil se leva le lendemain sur un paysage étonnamment calme. L'océan était à marée basse, dévoilant dans la brume matinale des récifs à peine remis du chaos de la nuit. Devant Saint-Malo, la plage du Sillon étirait ses longs bancs de sable sur quelques kilomètres. En cet endroit, la Lune agissait sur les eaux de la planète avec une efficacité redoutable, le marnage[4] pouvant atteindre, selon la saison, plus de treize mètres. Certains chroniqueurs avaient d'ailleurs ironisé à l'époque où le général Lancray avait acheté le fort de la Conchée en se demandant s'il n'avait pas effectué son choix sous l'influence de la Lune qu'il venait d'assujettir...

Le sable humide reflétait intensément les premiers rayons du soleil. Cette réverbération était si gênante que les promeneurs matinaux étaient contraints de protéger leurs rétines au moyen de lentilles adéquates. Certains d'entre eux faisaient un jogging

4. Marnage : différence entre la hauteur de la pleine mer et celle de la basse mer.

jusqu'au Fort national. Ils partaient des remparts de l'ancienne cité corsaire et contournaient l'imposant bâtiment en évitant les rochers et leurs tapis d'hybrides moules-huîtres. Souvent, les mêmes coureurs s'arrêtaient pour souffler quelques minutes devant la silhouette évanescente de Cézembre. La proximité de l'île leur permettait de distinguer, avec un peu de chance, le va-et-vient des Chimères de la Mort. Certains s'amusaient à attirer leur attention en gesticulant dans tous les sens, bien que ce fût strictement interdit.

—Quels imbéciles, lâcha Sorg en les survolant.

Il revenait des abattoirs, où il s'était approvisionné.

Déjà, Brutone, Xaniou et Cadmio tendaient les bras vers le ciel, impatientes de recueillir la manne sanglante. Le lieutenant immobilisa la navette au-dessus des chimères, ouvrit la trappe et largua les quartiers de viande. Brutone, comme à l'accoutumée, se jeta sur la nourriture et choisit les meilleurs morceaux tandis que les deux autres attendaient qu'elle soit repue. Voilà une douzaine d'années que ces Chimères de la Mort avaient été conçues. Depuis, de nombreuses autres créatures, mélange de deux ou de trois, voire de quatre espèces différentes, avaient été obtenues de par le monde.

—Il fallait s'attendre à ce que des fous comme Bran aillent plus loin, maugréa Sorg. Toute la technologie était là... prête à servir. Les lois bioéthiques ne pèsent pas très lourd face à la folie des hommes...

Il réfléchit et se demanda s'il ne faisait pas une erreur en cachant l'existence d'Onyx. Mais tout révéler au grand jour signifiait salir son nom, et cette idée le révulsait.

*Bran aurait été trop content,* se dit-il. *Une belle revanche posthume!*

Il voyait déjà les gros titres des médias :

SCANDALE DANS LES MILIEUX SCIENTIFIQUES FRANÇAIS : BRAN LANCRAY CONÇOIT UNE CHIMÈRE À PARTIR D'UN EMBRYON HUMAIN

Ou encore :

APRÈS LE REVERS DE SORG LANCRAY ET DE SES CHIMÈRES DE LA MORT, LE SECOND FILS DU GÉNÉRAL, BRAN, TENTE LE DIABLE ET COMMET L'IRRÉPARABLE...

Insultes et calomnies se répandraient fatalement sur la famille.

Sorg savait que Bran avait quitté les laboratoires de la Confédération pour ouvrir à Paris un cabinet de génétique, sans associés ni employés. Il avait voulu continuer ses recherches en solitaire. Quelle stratégie avait-il eue en tête? Une chimère comme Onyx aurait créé un scandale et provoqué un choc psychologique dans l'opinion, mais peut-être comptait-il sur la qualité du résultat pour séduire les médias et lancer un débat de fond sur la vétusté des lois bioéthiques ?

Tout en réfléchissant, le lieutenant observait du haut de sa navette le repas des fauves. Avant d'être engagées pour leur mission lunaire, les Chimères de la Mort avaient déjà combattu sous les ordres de Sorg dans deux opérations : en Antarctique, où des températures extrêmement basses ne les avaient pas empêchés de neutraliser une troupe de mercenaires qui avait pris en otages cinq scientifiques (Sorg avait d'ailleurs reçu à cette occasion la médaille du Combattant d'élite), et aux Philippines, où le jeune lieutenant et vingt de ses créatures avaient mis en déroute les cent dix hommes de la brigade du colonel Yao. Le succès de cette dernière mission avait propulsé Sorg sur le devant de la scène militaire juste avant le soulèvement des Luniens. Lorsqu'il fallut prendre d'assaut l'observatoire lunaire, le choix de l'état-major s'était alors rapidement porté sur lui et sur son commando.

Ce matin-là, le contraste entre la rusticité des Chimères de la Mort et la grâce d'Onyx troubla fortement le lieutenant :

*Brutone, Cadmio et Xaniou sont à des années-lumière de la chimère de Bran,* pensa-t-il. *Un gouffre les sépare ! Mes chimères ont été conçues pour se battre... Elles ont l'instinct du tigre et la force physique du gorille. Une créature comme Onyx n'a pas été créée pour servir militairement. Bran avait une autre idée derrière la tête. Laquelle ?*

# 9
# Le goéland

Sorg ferma la trappe de la navette et regagna le fort de la Conchée. Il aperçut Octavio sur la terrasse nord de la forteresse en compagnie d'Onyx.

— Je l'ai lavée au jet, dit le serviteur à l'arrivée du lieutenant.

L'officier ne répondit pas. Il inspecta le nouveau collier et y fixa une longue corde. Onyx le laissa faire.

— Depuis son réveil, elle est docile, fit remarquer Octavio. Elle s'est laissé asperger sans riposter. Elle était d'une puanteur !

— Laisse-moi seul avec elle ! ordonna Sorg.

Le vieil homme s'écarta avec regret et quitta la terrasse pour retrouver les salles obscures du fort. Sorg s'approcha d'Onyx et s'interposa entre elle et le soleil. La créature se déplaça aussitôt pour quitter l'ombre de son dresseur.

— On prend goût au soleil… lâcha le lieutenant.

À peine eut-il fini sa phrase qu'un goéland mutant se

posa sur la terrasse. Ces oiseaux étaient si voraces qu'ils s'attaquaient fréquemment à des animaux plus gros qu'eux. Celui-là était visiblement intéressé par Onyx. Sorg sortit son pistolet laser, l'arma et tira sur le volatile, qui tituba, chercha plusieurs fois à s'envoler, et finit par s'écrouler sur le flanc. La chimère sursauta et se retourna, découvrant la victime du lieutenant.

— Va ! Va le chercher ! ordonna l'officier.

Onyx ne mit pas beaucoup de temps à réagir. Elle bondit sur l'oiseau et... le renifla. Elle tenta de déplacer le goéland avec ses petites mains, mais l'animal était trop lourd. Elle le tira alors par les plumes de la queue, qui se détachèrent.

— Tu te demandes ce que c'est ! s'exclama Sorg.

La chimère inclina légèrement la tête, comme le font certains chiens lorsqu'ils sont surpris par les intonations de leur maître.

— Je vais te le dire : c'est la pire espèce des oiseaux de mer. Il faudrait les éliminer une bonne fois pour toutes. Maintenant, je t'autorise à te faire les dents dessus ! Va !

Onyx ne planta pas ses crocs dans l'oiseau mort, mais lécha le filet de sang qui coulait le long des ailes. Le lieutenant fronça les sourcils.

— Mange ! ordonna-t-il.

La chimère feignit de ne pas entendre. Elle s'assit devant le corps inerte et enfonça un doigt à travers le plumage. Sorg n'en revint pas. Les moustaches de la créature frémissaient, comme pour identifier l'odeur du goéland. La tête de l'oiseau, surtout, semblait susciter son intérêt.

— Mange ! exigea de nouveau le lieutenant en faisant claquer la lanière.

Terrorisée, la chimère émit des petits cris stridents et tenta de se dégager de la corde.

— Couchée ! hurla Sorg en réutilisant le fouet.

Onyx tournait et sautillait, affolée, comme le ferait un chimpanzé pris de panique. Sorg se débarrassa du fouet, ce qui eut aussitôt pour effet de la calmer, puis il appela Octavio. Ce dernier sortit des pièces souterraines.

— Tu l'as nourrie ce matin ? demanda-t-il.

— Non. Elle n'a pas voulu de la viande que je lui ai proposée.

— N'importe quel félin affamé se serait jeté sur le goéland, réfléchit Sorg. Elle a dû dévorer des mulots dans sa cellule...

— Des mulots ? s'étonna Octavio. Ce serait étonnant, après le traitement que j'ai appliqué dans toutes les salles du fort.

Sorg, perplexe, observa Onyx continuer l'exploration de sa proie. Elle s'était calmée aussi vite qu'elle avait paniqué. Elle s'appliquait maintenant à étudier la morphologie de l'oiseau, commençant même à déplumer son ventre. Un amas de longues plumes mêlé à du duvet jonchait le sol juste devant ses pattes. La chimère éventra le goéland et en sortit des organes sanglants.

— Qu'est-ce qu'elle fait ? lâcha Octavio.

Onyx allait arracher le cœur lorsque le lieutenant tira de nouveau sur la corde.

— Mange !

La créature fixa Sorg, puis reporta son intérêt sur l'animal. Contrairement à ce que le lieutenant attendait, elle ne dévora pas sa proie, mais posa les organes sur le sol.

— Bran a dû l'habituer à une autre nourriture, suggéra Octavio.

Sorg tourna la tête vers son serviteur. Ce dernier venait de souligner un problème majeur : Onyx était *déjà* passée entre les mains de son frère. Toutes les Chimères de la Mort réceptionnées à Cézembre étaient arrivées directement des couveuses des laboratoires de la Confédération, sans dressage. Onyx, elle, était restée quelques années dans le giron d'un homme.

— Il faudrait essayer autre chose, continua Octavio.

— Avec le sang de félin qu'elle a dans les veines... elle devrait se jeter sur la viande, marmonna Sorg. Quelque chose ne va pas.

Onyx continuait d'observer chaque organe du goéland. Elle gardait une attitude calme, presque sereine malgré la corde qui l'entravait.

— Elle a parfois l'attitude d'une enfant, parfois celle d'un animal, réfléchit le serviteur. Quand les expressions se mélangent, on ne sait plus vraiment à qui on a affaire.

Ce qu'avait pressenti Sorg ce matin-là en observant la bestialité de Xaniou, de Brutone ou de Cadmio se confirmait devant ses yeux : les mouvements d'Onyx semblaient moins guidés par l'instinct animal que par une forme d'intelligence issue des gènes humains.

— Je la trouve bizarrement indépendante, déclara Sorg. Bran devrait lui manquer s'il l'a élevée depuis sa conception, or elle ne le réclame pas.

Indifférente aux regards des deux hommes, Onyx triait les organes de l'oiseau, comme si elle cherchait à reconstituer le puzzle sanglant.

## 10
# La salle des Quatre Éléments

Pendant le déjeuner, Sorg et Octavio ne cessèrent de s'interroger sur Onyx.

— Je me souviens très bien des premières chimères animales qui ont été conçues, commença Octavio. Tu n'étais pas encore né. Le conseil d'Éthique avait à peine donné son feu vert que des centaines de brevets fleurissaient un peu partout. En réalité, les États n'avaient pas attendu l'aval du conseil pour entreprendre leurs recherches. Ils finançaient depuis des années en secret des manipulations génétiques illicites. Ils avaient pourtant tous juré d'obéir aux lois bioéthiques… mais c'était de la pure hypocrisie ! Chacun craignait les avancées techniques de son voisin : la Confédération américano-européenne se méfiait de la Coalition sino-japonaise, qui se méfiait elle-même de l'Union indienne… L'espionnage allait bon train et…

—Mélanger entre elles des espèces animales n'est pas si grave ! l'interrompit Sorg.

—Sais-tu combien d'êtres difformes ont créé les

apprentis sorciers de la Confédération avant d'obtenir une chimère comme Assur ? insista Octavio. Je me souviens très bien de ces images sordides qui ont défrayé la chronique ! Un journaliste avait photographié des monstres conçus dans un laboratoire privé : des êtres à moitié singe, à moitié chien, et d'autres si difformes qu'on ne pouvait même pas deviner leurs origines ! Ils avaient été enfermés dans des conditions atroces uniquement pour être observés et étudiés. Un véritable zoo de l'enfer.

—Ça suffit ! s'énerva Sorg. Toutes ces discussions, tu les as déjà ressassées des centaines de fois... Tu sais pourtant qu'on ne fait pas d'omelette sans casser d'œufs. Sans toutes ces expériences dont tu parles, Assur n'aurait jamais pu être conçue. Elle ne serait jamais arrivée à Cézembre. Rappelle-toi la merveille que c'était pour l'époque. Non... Ce qui est grave, c'est Onyx ! Un mélange d'humain et d'animal ! Combien de monstres crois-tu que mon frère a produits avant de créer cette chimère humaine ?

Octavio soupira et adressa au lieutenant un léger sourire.

—Je suis sûr que Bran a conçu Onyx du premier coup... comme un maître ! Il a quitté les laboratoires de la Confédération parce que ses méthodes étaient trop révolutionnaires. Tu le sais très bien. Pendant que les autres se réfugiaient derrière les probabilités des ordinateurs, lui utilisait son intuition. Ton frère avait du génie. Il pouvait passer des semaines à trier des centaines de cellules embryonnaires. Il avait le don de reconnaître les plus aptes à s'agréger harmonieusement. C'était un « scientartiste », un visionnaire capable de créer des chimères à la beauté fascinante. Je me suis intéressé à son travail. J'ai lu des rapports sur ses théories. Il a été le premier à avoir parlé des « pouvoirs masqués » en émettant l'hypothèse que certains gènes « silencieux » pouvaient être des sortes de... bombes à retardement, des gènes n'attendant qu'une chose : qu'une mutation ou une intervention extérieure libère leur expression. Je me demande d'ailleurs si Bran n'aurait pas conçu Onyx dans l'intention de *réveiller* certains de ces gènes.

—Tais-toi ! l'interrompit rageusement Sorg. Tu as assez parlé.

Octavio n'insista pas. Il se contenta de se lever de table en maugréant :

—Je vais contrôler les moteurs des navettes.

Sorg resta quelques minutes seul à se remémorer les paroles de son serviteur. Bran avait toujours eu les faveurs d'Octavio et de son père.

*Je n'aurais jamais dû laisser vivre cette chimère,* se dit-il. *J'aurais dû l'achever dans l'océan...*

D'un geste rageur, il envoya en l'air assiettes et couverts et se précipita dans la cour principale. Les couloirs souterrains furent vite parcourus.

Onyx, assoupie dans sa cellule, n'eut que le temps d'entrevoir Sorg se jeter sur elle et fixer sur sa gueule une muselière. Maintenue au bout d'une longue perche rigide, la chimère ne pouvait plus se défendre.

—On va voir qui de Bran ou de moi est le maître ! asséna le lieutenant.

Traînant la chimère derrière lui, Sorg se précipita dans la salle des Quatre Éléments, une pièce circulaire spacieuse où était aménagé un véritable parcours du combattant. Le premier obstacle consistait en des sables mouvants, quelques mètres carrés d'une matière visqueuse prête à engloutir la moindre créature qui s'y aventurerait. Juste après, des anneaux scellés au plafond surplombaient une fosse hérissée de pointes acérées. Un peu plus loin, un cercle de bambous barrait le passage. Sorg y mit le feu. Enfin, dernière épreuve, une redoutable chimère mi-iguane, mi-crocodile feignait de somnoler dans un bassin d'eau croupie. Terre, air, feu, eau : les quatre éléments se succédaient.

Onze ans plus tôt, le général Lancray et son fils avaient parachevé là le dressage des trente jeunes chimères envoyées par les laboratoires de la Confédération après la mort d'Assur. Les créatures subissaient autant de fois qu'il était nécessaire l'ensemble du parcours, un rideau magnétique les obligeant à affronter chacune des épreuves.

Sorg conduisit Onyx devant les sables mouvants, la détacha et gagna le centre de la salle. D'un violent coup de fouet, il lui ordonna d'avancer, puis il déclencha le rideau magnétique. À la surprise du lieutenant, la petite chimère ne paniqua pas. Elle huma l'air de la pièce, tendit le cou comme pour évaluer les différents obstacles et s'aventura à quatre pattes dans la matière visqueuse.

— Va ! tonna Sorg.

Les mains de la chimère tâtaient le sol meuble, et ses pattes arrière hésitaient à suivre les premières traces. Onyx se méfiait.

— Va ! ordonna de nouveau l'officier.

La chimère avança à quatre pattes et s'enlisa jusqu'aux coudes. Elle tenta de dégager ses membres, mais plus elle s'agitait, plus ses bras s'enfonçaient. Les épaules bientôt s'enfouirent à leur tour. Onyx, bizarrement, ne bronchait pas. Elle semblait s'abandonner à son destin. Seules ses pattes arrière, agrippées au sol ferme, tentèrent un instant de remonter son corps à la surface... en vain. Son postérieur se tordait comiquement et, dans le prolongement, sa queue se balançait par à-coups nerveux.

Sorg désactiva le rideau magnétique et fouetta les flancs de la chimère en espérant la « réveiller », mais la situation empira : le corps tout entier s'affala sur la matière visqueuse, s'enfonçant irrémédiablement. Le lieutenant attendit que la créature n'ait plus que la tête hors des sables mouvants pour lancer dans sa direction la lanière du fouet. Onyx fixa des yeux l'arme qui l'avait tant terrorisée.

—Soumets-toi ! cria Sorg. Prends le fouet dans ta gueule et je te sauverai.

Seules quelques secondes la séparaient de la mort. Sorg, d'un léger coup de poignet, rapprocha la lanière de sa tête.

—Soumets-toi ! lança-t-il une dernière fois. Soumets-toi et tu vivras !

Onyx pouvait sentir le cuir du fouet tant l'arme était proche de son museau. Elle l'observa, sembla un moment se résigner à mourir, puis, dans un ultime sursaut, saisit la lanière avec ses crocs.

—Enfin ! lança Sorg. Je sens qu'on va finir par s'entendre, tous les deux...

Il tira de toutes ses forces. La chimère se laissa hisser jusqu'à son sauveur, puis lâcha prise. Le corps enduit de matière visqueuse, elle haletait sans répit.

Après l'épreuve de la terre, celle de l'air. Suspendue au-dessus de la fosse hérissée de pieux acérés, Onyx savait qu'un faux mouvement lui serait fatal. Mais elle ne céda pas à la peur. Elle progressait lentement, saisissant un anneau après l'autre. Tous les obstacles avaient été conçus par le père de Sorg afin qu'on ne puisse les surmonter seul. D'échec en échec, les « candidats » étaient confrontés à leur impuissance. Seul le dresseur détenait les clés du salut. Le dernier anneau, par exemple, était trop éloigné pour qu'Onyx puisse l'attraper. Quand la petite chimère s'en aperçut, elle regarda sous elle la multitude de pieux avec un regard de détresse. Un grincement lui fit tourner la tête. Mus par un mécanisme caché, les anneaux qui lui avaient permis de progresser s'éloignaient d'elle.

—Tu ne peux pas t'en sortir sans moi, cria Sorg. Tu comprends ? Pas sans moi !

Il désactiva une nouvelle fois le rideau magnétique, enroula d'un mouvement précis le fouet autour du dernier anneau et se déplaça de sorte qu'Onyx puisse saisir la lanière. La créature était au bord de l'épuisement.

—Prends-le ! ordonna Sorg.

La petite chimère regarda une nouvelle fois les piquets de la fosse. Ses doigts crispés autour de l'avant-dernier anneau commençaient à faiblir.

—PRENDS-LE !

Onyx s'agrippa au fouet et, épuisée, se laissa glisser jusqu'à Sorg.

La chimère frôla encore la mort lors de l'épreuve du feu, s'en remettant au pouvoir de son maître pour se tirer d'affaire. Sorg la laissa gémir pendant de longues minutes à côté des flammes. Elle tremblait, le poil roussi par la chaleur. Le lieutenant éprouvait un certain plaisir à la voir effondrée, elle qui, lors des épreuves précédentes, n'avait montré aucun signe de panique. Puis il traîna Onyx jusqu'au bassin de l'iguane-crocodile. La petite chimère crut d'abord avoir affaire à un animal docile. Elle s'approcha, naïve, pour faire connaissance. Le monstre ouvrit soudain ses énormes mâchoires. Onyx resta terrorisée face à ces dizaines de dents acérées s'apprêtant à se refermer sur elle. Elle ne dut la vie sauve qu'au réflexe de Sorg, qui fouetta la gueule du monstre, lacérant ses yeux proéminents. La bête recula dans son bassin, laissant Onyx statufiée, les paupières fermées.

Devant l'attitude épouvantée de la petite chimère, Sorg émit un rire qui résonna dans tout le fort. Puis il ordonna à Onyx de le rejoindre. La créature ne se fit pas prier. Elle se traîna, épuisée, jusqu'au lieutenant et s'affala sur le sol.

—Je m'appelle Sorg et je suis ton maître, asséna l'homme en agrippant la créature. Désormais, tu m'appartiens...

Sorg conduisit Onyx à sa cellule. Plus de perche ni de fouet... la petite chimère le suivait tel un chien docile. Il ouvrit les grilles. La créature entra sans rechigner. Fourbue, elle se laissa choir sur le côté et s'endormit presque aussitôt.

# II
# Graines de général

— Bonjour, père… soupira Sorg en activant le service Confident de son Trans.

Fatigué, il s'était étendu tout habillé sur son lit.

— *Bonjour, mon fils...* répondit la voix du Trans. *Ta journée s'est bien passée ?*

—Oui… J'ai fait du bon boulot…

—*Dis-moi... Je me suis renseigné sur ton frère depuis que tu m'as révélé son existence... enfin, feu son existence puisqu'il est décédé. Avoue que me cacher cette information n'était pas élégant de ta part. Tu aurais pu me tenir au courant un peu plus tôt !*

Sorg se redressa brusquement sur son matelas. Le « confident » avait donc collecté des renseignements sur Bran depuis leur dernière conversation ?

—Qu'as-tu appris ? demanda-t-il.

—*Oh... pas grand-chose, en définitive. Je me suis juste connecté aux services d'identification de la Confédération... Tu comprends ce que c'est... la curiosité d'un père. J'ai eu sa date de naissance et un portrait. J'ai appris qu'il avait mené de front des études de médecine et de génétique... Une sacrée carrure, le Bran !*

— Qui t'a autorisé ? s'emporta Sorg.

— *C'est dans le contrat, mon fils. Le confident peut s'enrichir de ses propres recherches. Vraiment très attachant, ce Bran... On dirait qu'il a passé sa vie à prouver qu'il pouvait faire mieux que les Chimères de la Mort ! En 2070, il a réussi à concevoir une chimère cheval-cerf qui pouvait détecter la présence d'un homme à plus d'un kilomètre ! Deux ans plus tard, il défrayait la chronique en créant la fameuse chimère aigle-lynx, aux facultés visuelles étonnantes ! Il s'est éloigné des laboratoires après ces derniers résultats. Sais-tu que...*

— Oui, père... Je sais tout ça ! Inutile de me le rappeler !

— *Très bien... Au fait, j'en ai profité pour consulter les infos sur la Lune. Comment se fait-il que le tunnel ne soit toujours pas réparé ? Tu m'entends ? Je veux comprendre, Sorg...*

Le lieutenant désactiva le Trans et trembla nerveusement pendant plusieurs secondes.

Les yeux hagards, il sortit de sa chambre et se rendit sur les remparts. La nuit était tombée depuis une demi-heure. Il leva la tête et découvrit l'astre nocturne parsemé de nombreux points incandescents : chacune des bases lunaires reflétait avec éclat la lumière solaire. Sorg enrageait. Tout là-haut, sur la face cachée du satellite, ses chimères s'étaient rebellées. Il saisit son arme et tira comme un fou en direction de la Lune…

La Lune… S'il avait su qu'il s'en servirait un jour comme cible ! Pour Bran et lui, qui la contemplaient dans leur enfance du haut des remparts du fort, l'unique satellite de la Terre était le théâtre des prodigieuses victoires de leur père. « La bataille de la face cachée : l'Austerlitz du général Conan Lancray », pouvait-on lire dans les études militaires.

À travers les lunettes astronomiques installées sous la coupole du fort, Sorg et Bran, enfants, reconstituaient chaque étape de ce qu'avait été la victoire paternelle : d'abord la préparation des hommes dans le camp retranché situé au sud de la mer de la Tranquillité. Toutes les défaites subies par la Confédération au début des hostilités étaient dues à la surestimation de l'efficacité des soldats fraîchement débarqués sur le sol lunaire. Aucun n'avait eu le temps de s'adapter aux difficiles conditions de vie sur le satellite. Vertiges, nausées et inflammations gastriques étaient quelques-uns des troubles qui affaiblirent d'emblée les bataillons. Les premières troupes avaient été décimées par les soldats de la Coalition sino-japonaise, mieux préparés. Le général Conan Lancray fut le premier à en tirer des conséquences : pour constituer son bataillon, il rassembla deux cents hommes choisis parmi les plus redoutables colons luniens fidèles à la Confédération. *Exit* les contingents terrestres (ce qui ne fut pas du goût de tous les membres de l'état-major). Le général quitta le camp de base de la mer de la Tranquillité avec vingt véhicules de transport d'hommes et de logistique, douze Pulsars — des chars de combat adaptés au terrain lunaire — et, surtout, cinq navettes de chasse équipées des armements les plus sophistiqués.

« Vous voyez les deux cratères jumeaux Messier dans la mer de la Fécondité, expliquait le général à ses fils, rivés à leurs lunettes. C'est en les approchant que notre premier détachement s'est fait surprendre par les Chinois. Soixante-douze de mes hommes ont été grillés sur place par des tirs laser.

—C'est là que tu as perdu les réserves d'hydrogène ?

—Le risque, en recrutant des colons, était d'incorporer des espions et des saboteurs à la solde des Chinois. Je le savais, et j'ai payé un lourd tribut. Il y a eu beaucoup de casse... Pendant qu'on repoussait les ennemis à l'avant, des traîtres à l'arrière ont vidé tous les containers d'hydrogène. Par chance, on a pu les abattre avant qu'ils ne rejoignent les troupes ennemies.

—Du coup, les Chinois n'ont jamais su que vous n'aviez plus de combustible ?

—Il ne fallait surtout pas qu'ils le sachent ! J'ai fait rouler les bataillons comme si nous avions toutes nos réserves et j'ai atteint la face cachée.

C'était le seul endroit où je pouvais duper l'ennemi, parce qu'après la destruction des satellites de contrôle cette partie de la Lune était coupée du reste du monde. »

Le général passait des heures à expliquer les moindres détails stratégiques. Sorg et Bran revivaient les exploits de leur père, héros interplanétaire dont ils étaient les chanceux héritiers. Ils admiraient ses mains fermes et noueuses, son front large derrière lequel siégeait une intelligence redoutable, et surtout ce regard félin qui déstabilisait quiconque osait le défier.

« Mes jeunes Luniens ont été des combattants hors pair courageux, avec un sens du sacrifice dont pourraient s'inspirer beaucoup de soldats terriens », insistait le héros.

Il ignorait que ses colons, vingt-trois ans plus tard, s'opposeraient au programme d'envergure décidé par la Confédération : l'extraction d'hélium 3 à partir du sol lunaire. Ce gaz devait alimenter des centrales thermonucléaires terrestres afin de produire de l'énergie selon un procédé non polluant.

« Les richesses de notre planète nous appartiennent », avaient déclaré les plus virulents des Luniens.

Le 23 décembre 2074, cinquante d'entre eux avaient fait sauter les structures du premier complexe d'extraction. Les représailles de la

Confédération avaient été d'une telle brutalité que la population lunienne, traumatisée, avait pris parti pour les rebelles.

À l'annonce du début des hostilités, Sorg s'était enflammé : le moment était venu de partir sur les traces de son père. N'avait-il pas projeté durant toute sa jeunesse ses fantasmes de guerrier invincible sur le sol lunaire ? Dans ses rêves, le satellite était une arène dans laquelle il affrontait toutes sortes de combattants ennemis… et son père était fier de lui.

Sorg avait hérité du visage et de la stature paternels. En un sens, il lui ressemblait bien plus que Bran. Du regard de ce dernier, en revanche, émanait une force peu commune. Était-ce pour cette raison que le général avait toujours accordé sa préférence à son fils aîné ? Ou parce que la naissance de Sorg, très difficile, avait entraîné la mort de son épouse ? Toujours est-il que Sorg n'était pas dupe. Chaque jour, l'attitude de son père à l'égard de Bran lui rappelait que son frère était LE préféré… et cette situation l'avait irrémédiablement marqué. Le garçon avait passé toute son enfance à enfouir ce sentiment d'injustice au fond de son cœur. Tous ses efforts tendaient vers un seul objectif : prouver qu'il était le meilleur. Mais la trentaine de mois qui le séparait de Bran rendait vaines la quasi-totalité de ses entreprises. Son frère courait plus vite, soulevait les plus lourdes charges, nageait plus loin… Le tir était la seule épreuve où Sorg pouvait espérer rivaliser avec son aîné. Mais, là encore, dans cette discipline aussi, Bran l'emportait. Les meilleures fées, semblait-il, s'étaient penchées sur son berceau, ne laissant à Sorg que le désespoir d'avoir été à l'origine de la mort de leur mère. Alors qu'il aurait pu maintes fois railler son frère, Bran n'avait jamais cherché à envenimer la situation. Peut-être était-ce là le drame de Sorg ? Même dans l'âme, son frère témoignait d'une véritable grandeur. Retranché dans sa chambre, Sorg sentait parfois monter en lui des pulsions de meurtre qu'il réfrénait comme il pouvait. Des pulsions comme des aiguilles acérées qu'on lui plantait dans le ventre… des cris étouffés qui le reliaient à sa mère, dont il se reprochait l'absence… la mort.

L'éducation sévère de leur père n'avait rien arrangé : lever à l'aube, petit déjeuner, développement des capacités intellectuelles avec Octavio, déjeuner, pratique d'un sport de combat sous la direction du général, exercices quotidiens d'endurance destinés à repousser les limites de la souffrance et promenade aux alentours de Saint-Malo avec Octavio avant le dîner et le coucher. Pas de place pour la tendresse dans ce programme spartiate. Seules les sorties surveillées par le fidèle serviteur permettaient aux enfants de se défouler et de jouer avec d'autres jeunes de leur âge. Misaël, le fils du directeur des abattoirs, faisait partie de ces garçons. Il attendait tous les soirs les « fils du général » pour organiser des jeux.

L'objectif affiché de Conan Lancray était de faire de ses garçons (et tout particulièrement de Bran...) de futurs chefs d'armée, maîtres de leur vie, rompus à tous les sacrifices, aussi exigeants envers eux-mêmes qu'envers leurs futures troupes. Des êtres d'exception à l'intelligence rare et aux qualités viriles redoutables.

À vingt-sept ans, Sorg était devenu tout cela. Mais il tirait comme un fou sur cette Lune, source de tant de désillusions...

## 12
# InfoLune

La crise passée, Sorg ne regagna pas sa chambre. Il grimpa sous la coupole de l'observatoire et s'assit dans la salle des communications. Il enclencha InfoLune, la fréquence des informations officielles de la Confédération. Des lettres lumineuses s'affichèrent sur son écran de contrôle :

InfoLune, l'information en continu...
Tout ce que vous devez savoir sur les derniers événements lunaires.

Activez votre Trans et appuyez sur la touche **Envoi**
Composez votre code d'accès
...
La communication vous sera facturée 0,12 eullar la minute
...

Vendredi 24 juin 2075 ; 0 heure 20 minutes 40 secondes GMT...
Les forces militaires confédérales ont le contrôle de la presque totalité du territoire lunaire sur la face visible. Les derniers cratères encore aux mains des rebelles ont été net-

toyés par les soldats terriens sous les ordres du général Azminov.

Bilan des tués des dernières attaques :

— cratère Catharina : 34 confédérés, 114 rebelles;

— cratère Descartes : 58 confédérés, 94 rebelles;

— cratère Beaumont : 72 confédérés, 126 rebelles;

— cratère Gerber : 64 confédérés, 95 rebelles.

...

Pour connaître le matricule des victimes cratère par cratère, tapez sur la touche **1**, puis tapez le nom du cratère...

Pour connaître la situation d'un combattant ou d'une combattante, tapez son numéro de matricule à 10 chiffres...

Sinon, tapez sur la touche **Sommaire**

Vendredi 24 juin 2075; 0 heure 21 minutes 0 seconde GMT...

Les forces militaires confédérales maîtrisent 51 % des stations de la face cachée. Les troupes du général Kraven ont réussi une percée dans la mer de Korolev... Les rebelles se sont repliés dans la cité minière d'Hertzsprung...

—Rien sur l'observatoire... grommela Sorg en désactivant la console. Qu'est-ce qu'ils attendent pour me renvoyer là-bas !

Même si son échec continuait de le hanter, le lieutenant avait hâte de reprendre les rênes de son commando.

« Retournez dans votre fort, lieutenant ! lui avait ordonné le général Bull, chef des forces confédérées stationnées à Paris. Nous vous recontacterons dès que la situation aura évolué. »

La situation... Sorg la connaissait par cœur : les

stations tenues par les rebelles allaient être « nettoyées » les unes après les autres, et plus rien ne pourrait entraver l'exploitation du précieux hélium 3.

*Quand vont-ils m'annoncer mon départ ?* se demanda-t-il en contemplant la Lune.

À cet instant, la sonnerie de la ligne rouge reliant directement le fort au centre de commandement retentit. Sorg appuya sur une touche de la console et un visage féminin apparut sur l'écran mural.

—Capitaine Calice. Bonjour lieutenant. Comment vous portez-vous depuis votre retour sur Terre ?

Sorg l'avait rencontrée pour la première fois à Paris aux côtés du général Bull, le jour où celui-ci lui avait confié la mission délicate de s'emparer du grand observatoire.

—Je ne boite plus ! rétorqua Sorg. J'espère que vous allez m'apprendre mon prochain départ pour la Lune…

—Désolée, lieutenant. L'état-major m'a seulement chargée de vous interroger.

—M'interroger ? Que voulez-vous savoir ?

—Le général Bull veut avoir des précisions sur ce que vous avez vu dans l'observatoire le jour de l'attaque.

—Ce que j'ai vu ? s'exclama Sorg en manquant de s'étrangler. Vous m'appelez sur cette ligne protégée uniquement pour me demander ce que j'ai vu dans ce foutu observatoire ? J'ai déjà répondu à toutes ces questions.

—Justement, lieutenant. Les techniciens de la Confédération stationnés sur la Lune prétendent que l'observatoire a des sursauts d'activité, comme si quelqu'un tentait de le faire redémarrer de l'intérieur. Vous aviez bien déclaré avoir éliminé les Luniens qui s'étaient opposés à votre progression ?

—Soyons précis : j'ai dit que les tirs des rebelles avaient cessé. Ça ne signifie pas que tous les Luniens qui se trouvaient dans l'observatoire ont été tués. Certains se sont peut-être retranchés dans d'autres pièces... je n'en sais rien ! Le capitaine Thorman et moi venions de « nettoyer » les premières salles quand Korgone s'est brutalement retournée contre nous. Je l'ai déjà expliqué à l'état-major.

—Si l'observatoire est réactivé de l'intérieur, lieutenant, cela signifie que des Luniens survivants ont réussi soit à tuer vos Chimères de la Mort, soit à s'isoler d'elles.

Sorg réfléchit un instant.

—Écoutez-moi bien, capitaine... Dites à nos généraux que le lieutenant Lancray n'attend qu'une chose : retourner sur la Lune et récupérer ses chimères... mortes ou vives !

—Le message est clair, lieutenant. Mais l'état-major a d'autres préoccupations actuellement. Les rebelles contre-attaquent sur plusieurs cratères à la fois, et nos forces ont subi de lourdes pertes. Merci pour votre coopération...

La jeune officier disparut de l'écran.

—Je m'en doutais ! s'énerva Sorg. Leurs infos mentent sur toute la ligne !

—Ils soupçonnent la présence d'Onyx ? s'inquiéta Octavio en entrant dans la salle.

—Non... Ils se demandent ce qui se passe dans l'observatoire...

Sorg ne resta pas longtemps dans la salle des communications. Il quitta la pièce tapissée d'écrans pour se réfugier dans sa chambre, où il activa son Trans.

—Bonjour, père, lança-t-il en sélectionnant le service Confident.

—*Heureux de t'entendre, mon fils. Que deviens-tu ?*

—Je m'inquiète pour les chimères. Elles sont toujours bloquées dans l'observatoire...

—*Sois patient. Justement, à propos d'observatoire... Dis-moi... ce télescope nouvelle génération que tu as tenté de reprendre aux rebelles est d'une sacrée portée ! Je suis allé fouiner dans des sites scientifiques. Sais-tu qu'il est basé sur un principe révolutionnaire et qu'il est capable d'explorer l'univers le plus lointain en passant par l'hyperespace ? Cette merveille a été construite sur la Lune pour échapper aux interférences du champ magnétique terrestre. Aucun télescope sur notre planète ne peut avoir une qualité de détection aussi fine !*

—Père... Je te parle de nos chimères et tu me fais un cours sur les télescopes...

—*J'essaie de comprendre pourquoi la Confédération attache tant d'importance à cet observatoire. Je t'ai toujours dit qu'il fallait positionner ses actes dans le contexte des stratégies économico-politiques. Sinon, tu n'es qu'un exécutant comme les autres, Sorg. N'oublie jamais cela...*

—L'état-major pense que les chimères n'ont pas tué tous les Luniens qui s'étaient emparés de l'observatoire. J'espère que les rebelles n'ont pas eu raison d'elles...

—*Tu en auras bientôt le cœur net, mon fils. Où en est la réparation du tunnel ?*

—Les attaques des Luniens ont encore ralenti les travaux. Les rebelles semblent avoir reconquis plusieurs cratères.

—*Tous des incapables, ces généraux ! De mon temps, le commandement était plus centralisé qu'aujourd'hui. Quand un bataillon partait à l'assaut d'un cratère, c'était dans le cadre d'une action concertée ! Depuis le début de ce conflit, chaque officier de la Confédération veut faire un coup d'éclat. Résultat : personne n'avance. Pire : les défaites s'accumulent ! Dommage que tu n'aies que vingt-sept ans, Sorg. Avec tout ce que je t'ai appris... tu aurais pu gérer la situation d'une main de fer... je t'aurais conseillé quelques tactiques et...*

Sorg eut un sourire.
—Je sais, père…

# 13
# L'araignée

Depuis la séance de dressage dans la salle des Quatre Éléments, Sorg obtenait d'Onyx tout ce qu'il voulait. La chimère le suivait comme un animal familier à travers les longs corridors, s'asseyait sur son postérieur dès que son maître s'arrêtait ou siégeait à table. Tous les matins, quand Sorg quittait le fort pour nourrir Brutone, Cadmio et Xaniou, la créature regardait s'envoler la navette et attendait le retour de son maître à la même place, derrière les fenêtres donnant sur la piste d'envol. Les yeux fixés sur l'horizon où avait disparu l'appareil, Onyx restait immobile. Les allées et venues du vieux serviteur dans la forteresse semblaient l'indifférer.

*On dirait qu'elle s'est éteinte,* se disait Octavio en l'observant.

Sorg était devenu le maître absolu d'Onyx après seulement quelques heures de dressage, et ce succès n'était pas sans satisfaire l'orgueil du lieutenant. Ne tenait-il pas là une belle revanche sur son frère ? De plus, après le drame de l'observatoire, où les vingt-sept Chimères de la Mort s'étaient brusquement affranchies de son autorité, cette expérience lui permettait de renouer avec l'exercice jouissif du commandement. Certes, Onyx n'avait rien de ces monstres agressifs qu'il avait menés au combat, mais la totale réussite de son dressage contribua à atténuer les meurtrissures causées par l'échec lunaire. Octavio, lui, ne cachait pas sa surprise quant à la subite transformation de la créature.

— Je ne pensais pas qu'elle accepterait ton autorité aussi facilement, déclara-t-il.

— Elle n'était pas au mieux de sa forme quand je l'ai dressée, reconnut Sorg.

— Et puis Bran l'avait peut-être apprivoisée... ajouta Octavio.

Le serviteur avait fini par trouver une alimentation adéquate pour Onyx, qui refusait toujours toute forme de viande : des algues, qu'elle dévorait sous les yeux effarés de son dresseur.

— Il faut lui trouver une activité, décida Sorg. Elle pourrait t'aider dans tes tâches en dépoussiérant le fort ! Qu'en penses-tu ?

Le vieil homme n'eut pas le temps de répondre. Le lieutenant s'empara de l'aspirateur et le jeta dans les bras de la chimère.

— Elle a tellement confiance en moi qu'elle ne se méfie pas ! J'aurais pu lui mettre entre les mains une grenade photonique activée.

Sorg voulut reprendre l'appareil, mais Onyx s'y agrippa.

— Lâche ça ! ordonna-t-il. Je vais te montrer comment t'en servir !

La chimère céda. L'officier lui montra alors comment aspirer les grains de sable qui s'infiltraient à chaque tempête jusque dans les appartements. La créature fit jaillir de ses pupilles mille feux étincelants. Elle tendit un bras pour signifier à son maître qu'elle voulait aspirer à son tour.

— C'est ça… Essaie ! lança Sorg.

Onyx prit l'appareil et se redressa. Elle porta sa main libre à l'embouchure de l'aspirateur et la retira avant que sa paume ne soit violemment attirée par le tube.

— Regarde, Octavio, s'esclaffa Sorg. Elle découvre la technologie humaine. Maintenant, ramasse le sable ! ordonna le lieutenant en se tournant vers la chimère.

Onyx ne se fit pas prier. Elle orienta le tube de l'aspirateur vers un recoin de la pièce… et découvrit que les grains étaient immédiatement avalés.

— Elle comprend vite, fit remarquer Octavio. Tu lui avais déjà montré ?

— Non, c'est sa première séance. Plutôt bon signe… non ?

La chimère s'arrêta soudain devant une araignée affolée qui tentait de rejoindre une cavité.

— Dépêche-toi, lança Sorg. Elle va s'échapper.

Devant la stupeur d'Onyx, le lieutenant s'empara de l'aspirateur et débarrassa la pièce de l'animal indésirable.

— Ce n'est pas plus compliqué que ça ! dit-il en reconfiant l'appareil à la petite chimère.

Onyx saisit l'aspirateur et resta pétrifiée.

— Et alors ? s'exclama le lieutenant. Tu as encore du travail ! Dépêche-toi !

Le regard effaré, la créature retourna l'appareil, à la recherche des traces de l'araignée.

— Tu es idiote ou quoi ? s'énerva Sorg. La bestiole est dans le réservoir. Continue !

Avant que les deux hommes aient pu réagir, Onyx leva l'aspirateur au-dessus de sa tête et le fracassa sur le sol.

— Arrête ! ordonna Sorg.

La chimère évita la charge de son maître et quitta la cuisine en serrant l'appareil disloqué contre elle.

— Elle est folle ! s'écria le lieutenant en partant à sa poursuite. Qu'est-ce qui lui prend ?

Pendant plusieurs minutes, Octavio et Sorg tentèrent de coincer Onyx, mais la petite créature, plus vive que jamais, parvint chaque fois à leur échapper. L'appareil blotti contre son thorax, elle slalomait entre ses poursuivants avec l'agilité d'un félin. Sa longue queue frétillait chaque fois qu'elle réussissait à éviter leurs bras menaçants. Au cours d'une tentative d'encerclement, Octavio se fracassa même le nez contre un mur de la terrasse alors qu'il venait de saisir l'une des pattes de la fuyarde.

— Ça suffit ! s'énerva Sorg en saisissant son Trans. Une décharge va la calmer pour de bon...

Il sélectionna le mode Impulsion électrique et l'orienta sur Onyx.

— Attends ! intervint Octavio. Regarde... Elle a récupéré l'araignée.

Réfugiée dans un coin de la terrasse, la petite chimère venait de sortir l'animal de l'aspirateur et l'observait avec le même intérêt que les organes sanglants du goéland quelques jours auparavant. Elle retournait l'araignée dans tous les sens, l'inspectant de ses petits yeux perçants.

— Elle est toujours aussi étonnée de découvrir des organismes différents d'elle, réfléchit Sorg. Ça a commencé avec le goéland, puis il y a eu l'iguane-crocodile qui a failli la tuer...

Onyx inspectait l'araignée, l'aidant parfois à avancer en la poussant du bout des doigts. L'animal grimpa maladroitement sur le mur d'enceinte.

— Finissons-en ! déclara Sorg.

Il pointa son Trans en direction du mur et l'activa. Une fraction de seconde suffit pour carboniser l'araignée. La chimère resta un instant interdite. Lentement, elle leva un doigt et gratta la trace de cendres sur le mur, puis son regard se posa sur les minuscules fragments tombés sur le sol à quelques centimètres de ses pattes. Elle s'assit sur son postérieur et émit une complainte étrange en balançant son corps d'avant en arrière. La tête inclinée sur son thorax, Onyx semblait gémir. Octavio et Sorg l'approchèrent et s'accroupirent.

— Incroyable, lança Octavio. On jurerait des traces de larmes...

# 14
# Mémoire d'océan

Les jours qui suivirent l'incident de l'araignée, Onyx laissa de côté les algues que lui apportaient aussi bien Sorg qu'Octavio. Elle refusait de sortir de sa cellule, même sous la menace du fouet de son maître, qui, du coup, dut renoncer aux exercices quotidiens de dressage. Repliée sur elle-même, la créature dépérissait.

—Elle n'a pas réagi comme ça avec le goéland, s'énerva Sorg. Elle l'a même ouvert pour retirer ses organes...

—Elle ne l'avait peut-être pas vu mourir? fit remarquer Octavio.

—C'est vrai... Le goéland était dans son dos. Il était déjà mort quand elle s'est approchée de lui. Au nom de quoi pourrait-elle s'émouvoir de la mort d'une... d'une araignée! C'est complètement insensé!

Octavio observa Sorg à la faveur de l'unique éclairage du salon. Il le connaissait depuis sa naissance et en savait certainement plus sur lui que l'intéressé lui-même. Il l'avait vu souffrir de l'ombre que lui faisait son frère. Il se rappelait comment le bannissement de Bran lui avait permis de se rapprocher de son père et de grandir dans son giron, impétueux, batailleur... Il avait gravi un à un les échelons militaires et était fier de clamer son nom.

« Un Lancray ! répétait-il avant chaque mission. Je suis un Lancray et je leur montrerai ! »

Octavio avait tenté de le dissuader de partir avec les Chimères de la Mort sur la Lune.

« L'état-major ne veut pas d'un second Lancray, lui avait-il expliqué. La prestigieuse carrière de ton père a trop éclipsé en son temps celle des autres généraux. Tu les inquiètes. Je me demande même s'ils n'ont pas préparé cette opération lunaire pour t'attirer dans un piège. Les chimères ne sont pas prêtes à intervenir dans une ambiance non-terrestre. Sur la Lune, personne ne peut prévoir la réaction des bêtes... »

Sorg ne l'avait pas écouté. Il était parti avec ses vingt-sept chimères prouver au monde qu'il était bien le digne successeur de son père. Octavio l'avait vu revenir abattu par l'échec, le regard éteint et la jambe gauche miraculeusement sauvée.

Un matin, alors qu'il allait remonter dans sa navette après avoir fait provision de viande fraîche, Sorg fut intercepté par Misaël.

—On n'a plus le temps de se parler, lui reprocha son ami. Ce sont tes chimères coincées sur la Lune qui te mettent dans cet état?

—Si tu as quelque chose à me dire, dépêche-toi! rétorqua l'officier.

Misaël dévisagea longuement Sorg en faisant mine de ne pas être affecté par son air agressif.

—Tu as dû entendre parler des théories de Donnatella Émeraud? Elle a étudié la quatrième dimension, où se tissent des liens invisibles entre les défunts et...

—En ce moment, j'ai autre chose à faire qu'à penser aux...

—Écoute-moi quelques secondes. Selon elle, les êtres qui meurent rejoignent des plans invisibles proches de notre dimension.

Misaël fit une pause, puis regarda Sorg dans les yeux.

—Ils restent près de nous pendant un certain temps jusqu'à ce que leur âme se libère. Des événements étonnants peuvent survenir durant cette période. Ils sont capables, par exemple, d'intervenir sur des objets du plan terrestre qui ont marqué leur destin. Des choses peuvent alors refaire surface...

Sorg fronça les sourcils.

—Où veux-tu en venir?

—Suis-moi...

Misaël tira son ami par le bras et l'entraîna dans son bureau. Ils contournèrent les appareils électroniques et aboutirent à un vieux coffre blindé. Misaël le déverrouilla, se pencha et en retira un sac, qu'il déposa sur une table. Il l'ouvrit tranquillement et en sortit une arme rouillée. À sa vue, Sorg resta un long moment sidéré, puis il tendit la main et saisit l'objet.

—Où l'as-tu trouvé ?

—Au fond de la mer entre Cézembre et le fort de la Conchée. C'est mon pêcheur de frère qui l'a remonté dans ses filets vibrants. Il me l'a montré hier.

Sorg portait sur l'arme un regard halluciné. Malgré les concrétions de coquillages, il reconnaissait le canon particulier du TR21, le pistolet laser que son père avait offert à Bran pour ses dix-sept ans.

—J'ai hésité avant de te le montrer, lança Misaël. Je pensais attendre un peu... Tu as tellement de problèmes en ce moment... Et puis je me suis dit que si cette arme était réapparue si vite après la mort de Bran, c'était probablement pour nous dire quelque chose...

—Tu m'emmerdes avec tes théories, asséna Sorg.

Le lieutenant prit le sac, y jeta le pistolet et sortit des bâtiments sans un mot.

—Surtout... ne me remercie pas, soupira Misaël.

En positionnant sa navette au-dessus de Cézembre, Sorg eut un moment d'hésitation. Le pistolet sorti du fond de l'océan était à ses côtés. Dix mètres au dessous de la carlingue, Brutone, Cadmio et Xaniou commençaient à s'impatienter, mais le lieutenant n'actionna pas la trappe. Réenclenchant les moteurs, il quitta la position stationnaire sous les regards furieux des chimères. Dix secondes plus tard, il atterrissait sur l'unique plage de Cézembre.

Assis dans le cockpit, Sorg balaya du regard les escarpements de l'île. Brutone, Cadmio et Xaniou l'attendaient de l'autre côté du rideau magnétique. Le lieutenant n'avait pas posé les pieds sur Cézembre depuis son retour de la Lune. Il savait que les chimères « sentaient » ses blessures, et qu'il soit revenu de sa mission sans le commando les avait considérablement déstabilisées. Elles scrutaient les remparts du fort tous les jours en espérant voir décoller la navette chargée de leurs compagnes.

Les dernières paroles de Misaël résonnaient encore dans sa tête : « Je me suis dit que si cette arme était réapparue si vite après la mort de Bran, c'était probablement pour nous dire quelque chose... »

Lentement, Sorg ouvrit la porte du cockpit et descendit de la navette. Treize ans plus tôt, Bran avait posé le pied sur l'île, seul, en pleine nuit. À l'aide du Trans volé à son père, il avait désactivé le sas magnétique... Sorg imaginait la scène :

*Il a débarqué avec le véhicule amphibie. Il était quelle heure ? Deux heures... trois heures du matin ? Assur devait dormir... à moins qu'elle ne l'ait senti venir. La pleine lune devait éclairer la plage...*

Le lieutenant s'approcha de la barrière magnétique.

*Il fallait que tu saches si tu pouvais dominer Assur, Bran... comme père.*

Il ralentit sa marche à quelques mètres du sas. Derrière le rideau invisible se dressait la silhouette imposante de Brutone. Le monstre semblait n'attendre qu'une chose : que Sorg désactive l'enceinte pour planter ses crocs dans la chair de son maître.

*Assur est sortie de sa tanière. Tu t'es approché d'elle... Pauvre imbécile ! Tu croyais qu'elle t'obéirait comme un agneau ?*

Sorg s'arrêta devant Brutone, qui émit des rugissements nerveux.

—C'est ça... tonna le lieutenant en brandissant le TR21 rouillé. Essaie de m'effrayer ! Regarde ! C'est cette arme qui a tué Assur... Tu entends ? Assur !

Cette nuit-là, Bran avait d'abord réussi à prendre l'ascendant sur la terrible chimère. Celle-ci, pas totalement sortie de son sommeil, avait confondu le jeune homme avec le général. Bien que surprise par l'intervention nocturne, elle avait obéi aux premiers ordres et avait escaladé l'un des promontoires de l'île comme le lui demandait souvent son dresseur. Bran, dans la fougue de ses dix-sept ans, s'était alors senti pousser des ailes. En parvenant à soumettre le monstre, ne devenait-il pas l'égal de son père ? Il avait pensé répéter ces exercices nocturnes à l'insu du général... pour lui montrer le jour venu ce dont il était capable. Quelle tête ferait alors son père !

Malheureusement pour lui, la chimère avait capté son odeur et la situation s'était vite dégradée. Furieuse d'avoir été réveillée par un apprenti dresseur, Assur s'était jetée du haut du promontoire et avait foncé sur Bran, crocs en avant. Surpris par la réaction du monstre, le jeune homme était resté quelques secondes pétrifié, puis avait sorti son TR21 et avait tiré. En un dixième de seconde, Bran avait réduit à néant ce qui faisait depuis sept ans la fierté de son père. Lorsqu'il réalisa la gravité de son acte, il repartit sur le véhicule amphibie, se débarrassa de l'arme en la jetant par-dessus bord et retourna dans sa chambre. Sorg se souvenait très bien des hurlements de fureur du général.

Il revoyait le regard abattu de son frère dans cette navette qui l'emportait loin du domaine familial pour toujours.

*Quel plaisir de te voir rejeté par père, Bran...*

Un bruit de moteur le tira soudain de ses songes. L'officier se tourna et découvrit le véhicule amphibie du fort se frayer un chemin sur la plage. Octavio jaillit de l'engin.

— Sorg ! Il faut que tu rentres... Onyx est en train de mourir.

Étendue dans le salon, la petite chimère respirait de plus en plus faiblement. Les yeux fermés, elle ressemblait presque à une enfant endormie. Octavio s'agenouilla à ses côtés et tenta de sentir les battements de son cœur, puis il ouvrit l'une des paupières d'Onyx et mit à jour le blanc de l'œil.

—J'ai vu des hommes et des bêtes mourir en combattant, lâcha Sorg en posant le TR21 sur la table en chêne. Mais mourir pour une araignée carbonisée...

—J'ai tout essayé... soupira Octavio. Je lui ai même administré des substances régénératrices sous perfusion. C'est comme si elle rejetait la vie...

Il tourna la tête vers le lieutenant et ajouta :

—Il faut l'emmener dans une clinique.

—Une clinique ! sursauta Sorg. Tu me vois arriver dans une clinique avec une chimère humaine ? Non, Octavio... Onyx restera ici. Pas question de salir le nom des Lancray.

—Le nom des Lancray ! protesta soudain le vieux serviteur. Parlons-en ! Ton frère le portait... As-tu respecté ses dernières volontés ? J'ai appelé le crématorium après ton retour. Je voulais en avoir le cœur net. Figure-toi qu'ils m'ont parlé des cendres de Bran...

Des yeux de Sorg semblèrent jaillir les feux de l'enfer. Le lieutenant se leva comme un fou et s'écria :

—Depuis quand contrôles-tu mes actes ? Bran n'a eu que ce qu'il méritait !

—Sorg, je te connais depuis ton plus jeune âge, répondit le serviteur, et...

—Et alors ? Quel droit cela te donne-t-il sur moi ?

Je ne suis pas Bran, si c'est ça qui te dérange... Je sais que tu l'as toujours préféré ! Ose dire que c'est faux !

—Je vous ai aimés lui et toi comme les fils que je n'ai pas eus, répondit sourdement Octavio en inclinant la tête. Bran se confiait souvent à moi... c'est vrai. On était très proches l'un de l'autre et...

—Et quoi ?

—Je sais que tu t'es senti mal aimé à cause de lui... Toute ton enfance, tu t'es efforcé d'être meilleur que ton frère. Le regard de ton père sur toi était tout ce qui comptait. Il fallait qu'il soit fier de toi ! Souviens-toi les jours où il complimentait Bran pour la précision de ses tirs. Tu pleurais dans ta chambre toute la nuit. Je venais te parler... te consoler... Tu me rejetais... Si ta mère avait été vivante, elle aurait pu te...

—Tais-toi !

—Un enfant qui naît ne peut pas être responsable de la mort en couches de sa mère, Sorg. Tu n'y es pour rien ! C'était une tragique erreur médicale. Tu veux porter ce boulet toute ta vie ? Tu t'es endurci jusqu'à te couper des autres. Après la disparition d'Assur, ton père a banni Bran, la mort dans l'âme. Tu restais le dernier à pouvoir perpétuer la branche militaire des Lancray. Il t'a façonné à son image et tu l'as laissé faire, trop avide de lui plaire... Tu craignais trop de le décevoir. De ta dureté, il a fait une armure... une carapace ! Aujourd'hui, une chimère humaine risque de mourir et tout ce qui te préoccupe... c'est le prestige de ton nom ! Lancray ! LANCRAY ! LANCRAY ! Vingt-cinq ans que je vous supporte !

De colère, Octavio saisit le TR21, source de malheur, et le lança à terre avant de sortir du salon. L'arme glissa sur le sol et s'arrêta près de la tête d'Onyx. La petite chimère sembla alors se réveiller. Elle ouvrit lentement les yeux et fixa intensément l'objet recouvert de concrétions marines.

De l'autre côté de la pièce, Sorg restait pétrifié, sonné par les paroles de son serviteur. Soudain, fou de rage, il martela les meubles du salon, proféra des insultes et lança une chaise contre le grand miroir familial qui se brisa. Puis il se dirigea vers la chimère de son frère. La saisissant par les pieds, il la tira hors du salon et la traîna jusqu'à l'ancienne entrée du fort. Le portail ouvert donnait accès au rocher brut sur lequel se dressait la bâtisse. Le seuil franchi, Sorg descendit rapidement sur les bancs de sable libérés à marée basse. Une seule idée l'obsédait : se débarrasser définitivement de la créature... effacer toutes les traces du passage de Bran sur cette Terre.

Sur le sable humide sinuait l'empreinte du corps d'Onyx comme une longue cicatrice mêlée aux pas de son bourreau. Les petits bras désarticulés de la frêle chimère ballottaient le long de son thorax, mais elle ne gémissait pas... De ses yeux semblait poindre une lueur étrange.

Sorg se dirigea vers le grand promontoire rocheux qui arrêtait à marée basse les vagues les plus vigoureuses. Derrière cette barrière, il jetterait la créature. L'île de Cézembre se découpait de plus en plus nettement sur la ligne d'horizon. Trois silhouettes se dressaient sur ses hauteurs... les Chimères de la Mort, témoins du calvaire d'Onyx. Arrivé sur le promontoire, Sorg se retourna pour saisir la créature et la jeter dans les flots. Mais il s'arrêta net. Onyx le contemplait. D'où venait ce regard? Ses pupilles noires le sondaient comme on sonde un océan... à la recherche de souvenirs enfouis. La petite chimère leva lentement les yeux et observa la pâle silhouette de la Lune visible dans le ciel. Au même moment, Brutone, Cadmio et Xaniou hurlèrent à la mort.

Lorsqu'il revint au fort quelques instants plus tard, Sorg tenait Onyx dans ses bras. Stupéfait, Octavio le vit franchir le seuil du grand portail pour se diriger vers l'observatoire. Le vieux serviteur entra à son tour dans la pièce. Onyx était blottie dans un coin, les yeux grands ouverts. Son pelage noir luisait sous l'effet de la transpiration. Ses petites mains se rejoignaient au niveau de son abdomen. Il s'approcha d'elle et lui parla doucement. Elle le fixa, attentive à ses paroles. Ses larges iris jaunes la rendaient plus mystérieuse que jamais.

—On dirait qu'elle s'est ressaisie, s'étonna Octavio. Que lui as-tu fait ?

Sorg ne répondit pas. Il semblait préoccupé par ce qu'il découvrait à travers son appareil de visée.

—Regarde du côté de Cézembre... lâcha-t-il.

Octavio pointa une lunette vers l'île. Brutone, Cadmio et Xaniou étaient assises sur un rocher, prostrées.

—C'est la première fois que je les vois dans cet état, balbutia le serviteur. Que s'est-il passé ?

—J'étais avec Onyx... lorsqu'elles ont hurlé à la mort. Elles sont montées sur un escarpement et sont restées figées dans cette position.

À travers l'objectif, Octavio distinguait parfaitement l'expression des trois créatures. Brutone fixait le fort comme une statue de bronze. Cadmio avait les yeux rivés au sol. Xaniou semblait la plus déroutée. Elle portait son regard tour à tour sur ses deux compagnes, levait les yeux au ciel comme pour y chercher un réconfort, puis observait de nouveau ses congénères.

—Concernant ce que tu as dit sur moi... tout à l'heure, commença Sorg, l'œil toujours rivé à sa lunette. Je reconnais que tu as raison. Mais je ne veux plus qu'on en reparle. On s'est compris ?

Octavio ne s'attendait pas à une telle réaction. Il observa longuement Sorg, puis se tourna pour poursuivre son observation.

—Qu'est-ce qui leur prend ? s'exclama soudain le lieutenant.

Sur Cézembre, les trois chimères venaient de se dresser. Brutone, la tête tendue vers le fort, émettait un hurlement terrifiant.

—Elles ont vu quelque chose... lança Octavio.

Il se retourna et chercha Onyx.

—Elle est partie !

D'un bond, les deux hommes quittèrent l'observatoire et gagnèrent les remparts.

—Tu la vois ? cria Sorg.

—Non... il y a trop de rochers. Il faut descendre.

Ils inspectèrent chaque trou d'eau, soulevant les amas d'algues et appelant régulièrement la chimère. De Cézembre, Brutone, Cadmio et Xaniou les suivaient des yeux, assises sur leur roc.

—Je vais du côté de la barrière de rochers, lança Sorg après plusieurs minutes de recherche.

Il suivit les traces de son premier passage et grimpa sur le promontoire. Onyx était là... assise dans une cavité à l'abri du vent. Ses pattes pendaient dans le vide juste au-dessus des lames de l'océan. Elle se balançait d'avant en arrière, comme une enfant, les yeux rivés sur la Lune.

—Viens... murmura Sorg. Viens...

La petite chimère ne répondit pas. Elle se recroquevilla au contraire un peu plus sur elle-même sans interrompre son balancement.

—Elle est là ? s'inquiéta Octavio en arrivant à la rescousse.

Sorg lui fit signe de rester en retrait.

—Viens... répéta Sorg. Tu n'as plus rien à craindre. Viens vers moi...

Le vent s'affaiblit quelques secondes. Une complainte parvint alors aux oreilles du lieutenant... un fredonnement proche d'une berceuse. Onyx chantait. C'était un refrain à peine audible, une mélopée rythmée par le mouvement régulier de la créature.

—Viens... insista-t-il.

Il tendit doucement les bras. Onyx se tut et tourna la tête dans sa direction. Ses narines frémissaient comme pour évaluer le danger. Ses longues moustaches fines tremblaient sous le vent. Le lieutenant tenta d'approcher. Il réalisa soudain que la chimère serrait quelque chose contre sa poitrine.

—Montre-moi...

D'un froncement de sourcils, Onyx lui fit comprendre qu'il devait s'écarter. Sorg se leva lentement et recula. Alors la créature se dressa et montra au lieutenant l'objet qu'elle serrait entre ses mains. Sorg reconnut le TR21 rouillé qui avait appartenu à son frère.

—**Bran...** murmura la petite chimère.

# 15
# Les pouvoirs d'Onyx

Dans le salon du fort, Sorg et Octavio contemplaient Onyx, couchée comme un sphinx. La petite chimère ne regardait ni l'un ni l'autre des deux hommes, mais un point situé droit devant elle. Immobile, elle semblait à la fois perdue dans ses songes et concentrée sur une pensée lointaine.

—Elle a dit… « Bran », expliquait le lieutenant. Pourquoi a-t-elle attendu aujourd'hui pour prononcer son nom ? Elle s'est laissé dresser sans résistance. Et puis, en quelques jours, elle a totalement changé. Le choc de l'araignée… le refus de s'alimenter… la réaction de Brutone et des autres… et maintenant le nom de son créateur qu'elle arrive à bredouiller.

Il traversa le salon et jeta un regard sur le TR21.

—Et le pistolet laser… continua-t-il. Comment a-t-elle pu deviner qu'il a appartenu à mon frère ?

—Je te l'ai déjà dit, intervint Octavio. Bran a sûrement conçu Onyx pour réveiller les fameux gènes silencieux et repousser les limites des perceptions humaines. Ça expliquerait pourquoi elle est capable de capter la mémoire dont sont imprégnés les objets : une sorte de sixième sens hyperdéveloppé…

Sorg l'interrompit :

—Bran a vécu onze ans dans ce fort. Tout ici aurait dû lui rappeler mon frère !

—Tu oublies qu'à cause du TR21 la vie de Bran a basculé. Cet objet porte en lui la mémoire d'un événement dramatique extrêmement fort. C'est ce qu'Onyx a dû percevoir. Je ne vois pas d'autre explication.

Sorg posa son regard sur la créature immobile et silencieuse.

—Tout ça n'explique pas l'attitude prostrée des trois chimères quand elles l'ont aperçue sur le rocher…

Dehors, la tempête s'était levée. Le vent hurlait par rafales et le tonnerre grondait. Vague après vague, l'océan attaquait l'éperon du fort. Tandis que Sorg et Octavio, épuisés, ronflaient dans leur chambre, les trois chimères de Cézembre dormaient dans leur grotte, blotties les unes contre les autres. Brutone fut soudain tirée de son sommeil. Elle sortit, se protégea des bourrasques derrière un rocher et contempla un long moment la silhouette sombre de la forteresse, puis elle fit jaillir de ses entrailles un hurlement terrible. Couvert par la tempête, ce cri ne pouvait pas parvenir aux oreilles de Sorg. Pourtant, le lieutenant se réveilla. Il resta en alerte quelques instants et se rendormit. Dans sa cellule, Onyx souriait.

Le lendemain matin, Sorg s'occupa comme d'habitude de l'approvisionnement des chimères. Sa mise au point avec Octavio, la veille, semblait avoir eu un effet positif sur son humeur. Jamais les deux hommes ne s'étaient dit leur vérité en face. Il était temps, car les rancunes ressassées avaient fini par creuser entre eux un fossé si grand que Sorg avait un moment envisagé de se séparer de son serviteur.

En s'immobilisant au-dessus du promontoire, le lieutenant découvrit que Brutone ne rugissait pas comme à son habitude, Cadmio ne gesticulait pas et Xaniou attendait patiemment la chute des quartiers de viande. Il plaqua la tête contre le hublot afin de mieux observer la scène.

*Incroyable !* pensa-t-il. *Qu'est-ce qu'elles ont ? Elles sont malades ?*

Il appuya sur la commande d'ouverture de la trappe et largua la nourriture. Les chimères regardèrent tomber leur repas sans se précipiter. Lorsque le dernier quartier de viande toucha le sol, elles s'en approchèrent et commencèrent à manger. Il ne s'agissait pas d'un festin sanglant, mais d'un repas pris dans le calme sous l'œil vigilant de Brutone. Sorg remit les gaz et atterrit quelques secondes plus tard sur la piste du fort.

—Je suis sûr que c'est elle ! lança-t-il à l'adresse d'Octavio. Elle les contrôle à distance...

Il gagna la cellule d'Onyx, ouvrit la grille et ordonna :

—Suis-moi !

La petite chimère laissa tomber calmement les algues qu'elle mâchonnait et suivit Sorg jusqu'à la navette. Elle s'assit dans la soute sans opposer la moindre résistance tandis que le lieutenant s'installait aux commandes. Elle ne broncha pas non plus quand l'appareil s'éleva dans les airs. À peine fut-elle dérangée par les secousses du décollage.

En quelques secondes, la navette atterrit sur la plage de Cézembre. Brutone, Cadmio et Xaniou, qui venaient de finir leur festin, coururent lourdement en direction de leurs visiteurs jusqu'aux abords du sas magnétique. Sorg chargea son laser de combat et descendit de l'appareil.

—Sors ! cria-t-il à l'attention d'Onyx.

La petite créature s'avança jusqu'au rebord de la soute, pencha la tête et examina la situation. Elle découvrit l'officier, une arme à la main et, un peu plus loin, les trois chimères.

—Descends ! insista Sorg. Je vais te montrer qui est le maître !

Onyx sauta à terre assez maladroitement, mais réussit à se maintenir sur ses pattes. Au moment où elle toucha le sol, Brutone fit un bond en arrière et rugit.

*Elle se comporte comme si Onyx était un danger,* s'irrita le lieutenant.

Il fit avancer la petite chimère à deux mètres du sas magnétique. Tandis que Cadmio et Xaniou restaient en retrait, Brutone grognait pour intimider la nouvelle venue. Mais Onyx était loin d'être perturbée. Le nez en l'air, elle semblait humer tranquillement les senteurs de l'île.

*Elle ignore complètement Brutone !* se dit Sorg en observant son comportement.

L'indifférence d'Onyx énerva de plus en plus la Chimère de la Mort. Prisonnière du rideau magnétique, la bête ne pouvait exprimer sa rage qu'en martelant sa poitrine de ses poings et en poussant des feulements impressionnants.

—Calme ! ordonna le lieutenant. Calme !

La chimère jeta en direction de l'officier un pieu qui fut repoussé par le rideau magnétique. En d'autres circonstances, Sorg aurait maîtrisé sa colère. Il aurait attendu que la fureur de Brutone soit passée pour rétablir la situation en quelques injonctions fermes et tranchantes. Toute la science du « dominant » consistait à affirmer son pouvoir au moment opportun par quelques ordres simples induisant automatiquement chez les chimères un comportement d'obéissance. Mais ce matin-là, le lieutenant s'emporta... Il saisit son Trans, désactiva le sas et tira une rafale laser au-dessus de la tête du monstre. Le résultat fut catastrophique : la chimère en furie se redressa et chargea l'officier. Sorg n'eut pas le temps de lâcher une nouvelle rafale. Jeté à terre, il roula dans le sable et heurta un rocher. Le monstre le saisit alors par le cou et le souleva dans les airs. Étranglé par les puissantes mains de Brutone, Sorg ne put pousser aucun cri. Il vit le ciel tournoyer autour de lui. Une image traversa son esprit : le regard fier que son père avait porté sur lui avant de rendre l'âme...

Puis tout alla très vite. Brutone serra encore plus fort, à deux doigts de briser les cervicales de son maître. Sorg se tordit de douleur...

Quand le lieutenant rouvrit les paupières, il découvrit devant lui Onyx dressée sur ses pattes arrière. Les yeux fermés, la petite créature émettait des sons si stridents que Sorg crut que ses tympans allaient éclater. Il aurait voulu porter ses mains à ses oreilles, mais son corps ne répondait plus. Il pensa à la mort au combat dont il avait rêvé. Elle lui aurait valu une stèle d'honneur. Il n'aura même pas ce privilège, lui, le pitoyable maître des Chimères de la Mort...

Puis tout bascula de nouveau dans le noir.

La lumière du soleil rebondit sur ses joues et lui picota les narines. Il était couché sur le sable. L'ombre d'Onyx passa devant lui. La créature se pencha sur son visage et posa ses mains douces sur ses joues. Quelle chaleur... La petite chimère le fixait de ses yeux jaunes.

**—Tu n'es plus mon maître**, murmura-t-elle. **Je suis de nouveau moi-même. Je vais guérir ton cœur... pour que ton chemin devienne le mien.**

De ses petites mains, elle traça des courbes savantes sur son front, ses tempes et sa bouche tout en émettant une mélodie étrange. Ses caresses enveloppèrent Sorg, qui sentit soudain un flot de larmes surgir du plus profond de son être. Il vit le visage de sa mère sur son lit de mort. Ce visage... lui parlait au milieu du souffle d'Onyx. Il se recroquevilla sur lui-même, comme un enfant, et finit par déverser toutes les larmes de son corps.

À quelques mètres d'eux, sur le promontoire, Brutone, Cadmio et Xaniou se balançaient d'avant en arrière sous l'emprise du rituel de la chimère.

Blême, le cou raide, Sorg revint au fort de la Conchée d'une démarche peu assurée, laissant Onyx marcher devant lui. Il croisa Octavio sans lui adresser la parole et s'engouffra dans sa chambre. Tandis que le vieux serviteur, intrigué, se posait mille questions, la petite chimère attendait, assise, dans la cour du fort. Cette position hiératique évoquait les statues des civilisations antiques, notamment les sculptures des collections égyptiennes où se mêlent l'humain et l'animal. Les heures passèrent sans qu'Onyx fît un seul mouvement. Enfin, sortant de sa léthargie, elle commença à émettre un long hululement. Octavio sortit dans la cour et l'observa.

*Elle n'avait encore jamais poussé un tel cri,* nota-t-il.

Intrigué, il passa tout l'après-midi à enregistrer et analyser les ondes émises par la petite chimère. Il déchiffra un enchevêtrement complexe de plusieurs notes modulées sur différentes fréquences. Selon l'ordinateur, aucun animal n'était capable de produire de telles vibrations.

*Ces ondes doivent agir sur une région précise du cerveau des Chimères de la Mort,* se dit-il, *celle qui régit les comportements de pouvoir et de soumission. Ce que Sorg et son père ont obtenu après des années de dressage, Onyx semble l'avoir implanté en quelques heures dans la tête de Brutone et des deux autres !*

*Allons bon... Que fait-elle maintenant ?* s'interrogea le vieil homme en apercevant la petite chimère à travers l'ouverture d'une fenêtre.

Onyx venait d'escalader le mur menant aux remparts. Si proche de la mort la veille, elle possédait désormais une vigueur surprenante. Une fois parvenue sur les plus hautes pierres, elle se dressa sur ses pattes et tendit son museau vers le ciel.

*On dirait qu'elle capte quelque chose...* réfléchit le serviteur.

La créature était aux aguets. Ses oreilles frémissaient à chaque cri des goélands planant au-dessus de sa tête. Elle lâcha soudain un nouveau sifflement. Octavio sursauta, puis il leva la tête et découvrit qu'un énorme cumulus commençait à masquer le disque pâle de la Lune…

La petite chimère resta de longues heures sur les remparts. Au milieu de l'après-midi, troublé par l'absence de son maître, Octavio se permit de frapper à sa chambre. Sorg ouvrit.

—Que t'arrive-t-il ? demanda le vieil homme. Que s'est-il passé sur Cézembre ?

—Rien que je puisse t'expliquer, répondit Sorg.

Le lieutenant sortit de la pièce et se dirigea vers la salle des communications. Là, il s'installa devant son pupitre et orienta les antennes en direction de la Lune. Après plusieurs minutes de recherche, il réussit à capter un signal très faible : la fréquence spécifique des rebelles. Les mots s'alignèrent sur les écrans dans un silence de mort :

> Radio des Indépendantistes… nous tenons nos positions… Général Kraven en déroute… Pôle Sud bientôt reconquis… les Luniens vaincront… Amis Terriens… ne vous laissez pas endormir par votre… Confédération… pertes humaines inutiles… Vive la liberté… nous… jusqu'au bout… les Confédérés sont aux abois… Ils s'apprêtent à lancer une nouvelle attaque… contre l'observatoire…

Sorg repassa la bande plusieurs fois. Il avait bien lu :

> … une nouvelle attaque… contre l'observatoire.

—C'est le moment d'agir… murmura-t-il.

Il sortit et pénétra dans l'entrepôt où étaient alignés les containers servant au transport des chimères.

—Que fais-tu ? intervint Octavio.

—Je choisis un container pour mon départ sur la Lune…

Il éclaira un recoin, découvrit la caisse dans laquelle avait été enfermée Onyx et ajouta :

—S'il te plaît, jette-la par-dessus les remparts une fois que je serai parti…

## 16
## Feu vert

Le soleil venait à peine de se lever sur Paris lorsque Sorg se présenta devant la tour des forces alliées de la Confédération, l'un des plus hauts gratte-ciel de la mégapole.

—Lieutenant Lancray... lança-t-il dans l'identificateur.

Il appliqua son index sur l'appareil et attendit trente secondes.

—Vous pouvez entrer, lieutenant, répondit une voix grave, presque solennelle. L'état-major vous attend dans le bureau numéro 7, au cent vingt-huitième étage.

Sorg hocha la tête. Il avait reçu trois mois plus tôt son ordre de mission dans ce même bureau : le général Bull lui avait donné son feu vert pour qu'il intervienne avec ses Chimères de la Mort au cœur de l'observatoire. Son destin s'était accéléré depuis cette rencontre : échec de sa mission, mort de son frère, découverte d'Onyx... La vie semblait l'emporter dans son tourbillon.

—Cent vingt-huitième étage, annonça une voix féminine le tirant de sa méditation. Le bureau n° 7 est devant vous, lieutenant.

Sorg sortit de l'ascenseur et reconnut la gigantesque porte blindée. Le drapeau étoilé de la Confédération y était gravé, flanqué des cartes géopolitiques de la Lune et de la Terre. L'un des montants coulissa et laissa apparaître la grande salle de l'état-major.

—Approchez, lieutenant ! tonna une voix amplifiée par la réverbération des murs.

Sorg avança et salua ses supérieurs. Il repéra immédiatement le général Bull, entouré de onze officiers du grand commandement. Tous étaient assis derrière un long bureau austère aux lignes tranchantes.

—Nous vous accordons quinze minutes, continua le général. Pas une de plus.

Sorg fit encore quelques pas, pour s'arrêter à une dizaine de mètres des officiers. Il les reconnaissait tous. Ces visages sombres et dédaigneux avaient été plus accueillants avant son départ pour la Lune.

—Je peux reprendre le contrôle des chimères, déclara-t-il d'emblée.

Les gradés ne cachèrent pas leur surprise.

—Nous vous avions confié une mission en pensant que vous étiez à la hauteur, lieutenant, lança le général Bull. Au lieu de cela, le tunnel que nous avons mis des semaines à creuser s'est effondré sur le capitaine Thorman.

—J'aurais dû agir seul, mon général, et…

—Ne m'interrompez pas ! Le capitaine Thorman a payé de sa vie votre incompétence. Les chimères n'auraient jamais dû échapper à votre contrôle. Reconnaissez-le !

Sorg se tut quelques secondes, puis déclara calmement :

—Elles n'étaient plus les mêmes, mon général. Peut-être l'influence lunaire…

—Comme vous l'a dit la capitaine Calice, reprit le général Bull, nos services de renseignements ont détecté des tentatives de remise en marche du télescope hyperspatial. Probablement des Luniens qui ont échappé à vos chimères et qui se sont réfugiés au cœur du système. Vous avez appris que le tunnel d'accès était réparé… je suppose. Dans deux heures, un bataillon de cent hommes s'introduira dans l'observatoire et tirera sur tout ce qui bouge.

—Il y a une autre solution, répondit Sorg. Il suffit de…

—Si vous aviez tenu la bride à vos chimères, nous n'en serions pas là, l'interrompit le général. Nous n'avons plus le choix. Les rebelles contre-attaquent sur différents cratères à la fois. L'ampleur de leur offensive a surpris nos troupes. Ils gagnent du terrain, lieutenant.

Le général toussota plusieurs fois, puis continua :

—La situation est critique. Mais la tendance va s'inverser… disons… d'ici à quelques semaines.

Des troupes fraîches vont remplacer celles qui sont exténuées. En attendant, il faut reprendre l'observatoire. Coûte que coûte. Nous avions fait de ce site le symbole de notre puissance technologique. Les Luniens savaient qu'en s'en emparant ils porteraient un coup au moral des troupes. Vous deviez le reconquérir, et vous avez échoué.

—Laissez-moi une nouvelle chance... insista Sorg. Si les chimères sont vivantes, je reprendrai leur contrôle !

—Pourquoi réussiriez-vous là où vous avez déjà échoué ?

—Elles doivent être aux abois... Elles n'ont pas l'habitude de vivre dans un univers clos. Elles obéissent probablement à Vorax, la plus puissante de toutes après Korgone. Si je parviens à maîtriser leur chef, les autres me suivront ! Nous éliminerons les derniers rebelles...

—Leur chef... reprit le général Bull avec ironie. Je croyais que c'était vous ! Je comprends que vous soyez prêt à risquer votre vie pour sauver les chimères de votre père, lieutenant, mais le temps presse. Le nettoyage de l'observatoire va commencer dans maintenant... (l'officier jeta un regard sur sa montre)... une heure et cinquante-huit minutes.

Sorg réagit :

—Vous avez servi sous les ordres de mon père, général. Vous savez ce que représentaient pour lui ces chimères. Vous ne pouvez pas les éliminer sans...

—Il nous faut une victoire psychologique, lieutenant. Et nous sommes prêts à y mettre le prix. Depuis le début des combats, les Luniens se vantent d'avoir neutralisé notre télescope…

—Général. Si je pars maintenant, je pourrai être sur la Lune dans une douzaine d'heures. Je dois essayer de ramener mes chimères. Songez à ce que dira l'opinion si rien n'est entrepris pour les récupérer.

L'officier hésita un instant, puis fit signe au lieutenant de sortir. Tandis que les gradés se concertaient, Sorg arpentait nerveusement le couloir de l'étage. Nul doute que le prestige de son commando allait jouer un rôle déterminant dans la décision finale. Huit minutes s'étaient déjà écoulées lorsque la gigantesque porte coulissa.

—Entrez, lieutenant !

Le jeune officier avança dans la salle. Les visages des gradés étaient graves.

—Nous venons d'annuler l'ordre de « nettoyer » l'observatoire, annonça le général. Vous partirez dans deux heures de la base de Roissy. À votre arrivée sur la Lune, vous serez conduit jusqu'au site par l'escadron de la capitaine Calice.

Sorg souffla intérieurement.

—Si le moindre problème survient, poursuivit l'officier, les chimères seront éliminées.

—Compris, mon général…

—Vous pouvez disposer…

— Mon général ! insista Sorg. Mon plan ne pourra fonctionner que si j'emmène Brutone, l'une des trois chimères restées à Cézembre.

Les gradés échangèrent des regards surpris.

— Vous l'avez amenée avec vous à Paris ?

— Oui, mon général... en prévision de votre accord.

L'officier laissa échapper un sourire.

— Quelles sont vos intentions ?

— Brutone est la plus féroce, mais aussi la plus fidèle de toutes les chimères. Elle m'aidera à soumettre Vorax.

Le général Bull observa la réaction des officiers qui l'entouraient, puis lâcha :

— Vous avez mon feu vert.

Sorg allait partir quand un gradé intervint :

— Attendez, lieutenant Lancray...

Il reconnut le colonel Monk, chef des services secrets.

— Aviez-vous rencontré votre frère avant qu'il ne meure ?

Sorg garda son sang froid.

— Non, mon colonel. Nous ne nous sommes jamais revus depuis son départ du fort, il y a treize ans...

— A-t-il cherché à vous contacter ?

— Pour quelle raison ? Il savait comment je l'aurais reçu...

— Très bien... vous pouvez disposer.

Sorg salua les officiers et sortit.

*Ils commencent à enquêter sur Bran,* se dit-il. *Le temps presse...*

Il décolla du parvis de la tour et prit la direction de la base de Roissy. Dans la soute de la navette était arrimé le container affecté au transport de Brutone.

## 17
## Destination Lune

Un bataillon de la Confédération se pressait dans le hall d'enregistrement. Ils étaient à peu près deux cents soldats, hommes et femmes, à se soumettre aux derniers contrôles avant d'embarquer. À une centaine de kilomètres de là, sur la base de Reims, atterrissait un contingent en provenance de la Lune. Pour des raisons liées au « moral des troupes », les unités qui revenaient du combat ne croisaient jamais celles qui partaient.

—On nous expédie là-bas au plus mauvais moment ! grommela un sergent en s'approchant de Sorg. Les rebelles contre-attaquent sur tous les fronts...

—Il n'y a qu'un seul mauvais moment dans la vie d'un soldat, répliqua le lieutenant, celui où il doute de la victoire.

L'heure de l'embarquement approchait. Sorg expliqua aux hommes chargés de la logistique que le container en élastocarbone qui l'accompagnait contenait une Chimère de la Mort. Il suivit les opérations de levage et d'arrimage jusque dans la soute de la navette spatiale.

—Il n'est pas nerveux, votre monstre, mon lieutenant, nota l'un des hommes. Vous l'avez endormi ?

—Je lui ai donné un calmant pour le voyage...

Après une demi-heure d'attente, Sorg put enfin prendre son paquetage et se présenter à l'embarquement.

—Lieutenant... Lancray ? balbutia un contrôleur.

Sorg se contenta de fixer l'homme. Le maître des Chimères de la Mort jouissait toujours d'une solide réputation auprès des troupes. Ses prouesses aux Philippines et en Antarctique à la tête de ses monstres avaient enthousiasmé la plupart des militaires. À vingt-sept ans, il incarnait le héros qu'aucune mission périlleuse ne faisait reculer. Et l'échec de l'observatoire ne semblait pas avoir entamé son prestige.

—Vous allez récupérer votre commando ? demanda le contrôleur.

—La dernière chance... répondit Sorg.

Le lieutenant ne s'attarda pas. Il franchit la zone de sécurité et se dirigea vers la passerelle d'embarquement. La gigantesque navette pointait son nez vers le ciel, étincelante sous les rayons du soleil. « *Strength of Earth* » était inscrit sur ses flancs.

—« Force de la Terre », traduisit Sorg. Eh bien, qu'elle soit avec moi, cette force. Je vais en avoir besoin...

Autour de lui, les hommes et les femmes ne manifestaient pas la même ardeur que celle qui prévalait deux mois et demi plus tôt : les récents revers de l'armée confédérée avaient entamé le moral des troupes. L'euphorie des victoires avait fait place à une sourde inquiétude que trahissaient tous les regards.

Les gigantesques moteurs commencèrent à vibrer. Un grondement effroyable se fit entendre, puis une poussée d'une extrême violence plaqua Sorg sur son dossier. Il était habitué à cette sensation désagréable, spécifique aux navettes spatiales. Ce voyage lunaire allait être le cinquième de sa carrière.

Le regard dirigé vers le hublot, le lieutenant observait la mégapole parisienne rapetisser. À sa droite, un soldat vomit plusieurs fois. La navette décrivit une première orbite autour de la Terre. Des tourbillons de nuages se déployaient au milieu des continents tandis que les océans déroulaient leur infinie variété de bleus dans des nuances étonnantes. Une brillance exceptionnelle éclairait les massifs montagneux. Mais le ciel devint vite sombre et les limites de l'atmosphère commencèrent à se préciser sous la forme d'un mince ruban bleu foncé.

Les soldats allaient rester quelques semaines en opération sur le front lunaire. Ils rejoindraient ensuite la Terre avant que leur organisme ne défaille... à moins que la mort n'abrégeât leur séjour. Les regards de certains semblaient se perdre au-delà des hublots, à la recherche d'un pays familier où, alors qu'ils étaient à peine partis, les attendaient déjà un compagnon, une femme, des enfants... Tous semblaient éprouver une sensation de paix et de bien-être en observant la Terre, probablement parce qu'aucune frontière, de là-haut, ne venait troubler la quiétude de la planète. Qu'ils soient européens, asiatiques, américains, africains ou océaniens, tous avaient le sentiment de provenir du même « berceau ».

Une fois la navette lancée sur sa trajectoire lunaire, les problèmes digestifs liés à la puissance du décollage se dissipèrent. De nombreux soldats sombrèrent dans le sommeil, mais Sorg ne réussit pas à trouver le repos. Il se remémorait l'attaque de l'observatoire, les premiers corps à corps qui avaient semé la panique chez les Luniens. Il revit la frénésie sanglante qui s'était emparée des chimères.

La Terre rétrécit et ressembla bientôt à un joyau lumineux suspendu dans un écrin sombre et froid. Si gracieuse et imposante une heure plus tôt, voilà qu'elle semblait pouvoir disparaître d'un simple coup de pouce. Frêle embarcation, elle emportait dans le cosmos ses milliards d'humains...

Quelques heures plus tard, le visage plaqué contre les hublots, les soldats entourant le lieutenant découvraient la Lune. Avec sa pâle blancheur fantomatique teintée de bleu, le satellite de la Terre imposait un étrange respect.

—Si c'est votre premier voyage, faites un vœu, lança Sorg.

Tout d'un coup, la porte du compartiment s'ouvrit. Une jeune femme flottant dans les airs dévisagea les voyageurs et s'arrêta devant l'officier. Sorg reconnut la capitaine Calice.

—Bonjour, lieutenant ! Je vous ai cherché à l'embarquement mais vous étiez avec les hommes de la logistique.

—Affirmatif. Je vérifiais l'arrimage du container.

La jeune femme s'agrippa au siège libre situé à la droite de Sorg et s'y fixa à l'aide de ceintures.

—Personne ne s'attendait à ce que vous reveniez si vite, lieutenant. J'ai reçu des ordres pour vous aider à récupérer vos Chimères de la Mort. Vous pensez vraiment les ramener à Cézembre ? Au fait, je sais que Brutone est parmi nous, mais comment vont Cadmio et Xaniou ?

Sorg observa longuement la capitaine. Elle était très bien renseignée.

—Octavio vous dira qu'elles se portent à merveille...

—Pouvez-vous me donner quelques précisions concernant vos plans...

Sorg soupira et posa un regard ironique sur la jeune femme.

—Je me faufile dans le tunnel et je rentre dans l'installation... Je siffle deux ou trois fois... les chimères rappliquent pour dire bonjour à Brutone. Retrouvailles... émotions... sanglots... et tout le monde rentre à la maison. Ça vous va ?

La capitaine répondit par un sourire.

—J'ignorais que vous aviez de l'humour, lieutenant.

—Écoutez-moi bien. Je ne sais pas dans quel état je vais retrouver mon commando. Je vais peut-être me faire massacrer... tout est possible. La seule chose que je sais est que si je n'interviens pas, ces créatures auxquelles j'ai consacré onze années de ma vie seront toutes éliminées.

—J'ai ordre de vous suivre dans l'observatoire, l'interrompit la capitaine.

Sorg sursauta.

—Me suivre ? Pas question ! Vous me conduirez à l'entrée du tunnel avec le container où est enfermée Brutone et vous repartirez.

—Je dois obéir aux ordres, lieutenant...

—Réfléchissez une seconde, capitaine. Votre présence va tout compromettre. Le capitaine Thorman a fait échouer ma précédente mission. Il l'a payé de sa vie. Cette fois, je tiens à mettre toutes les chances de mon côté.

—Je...

—N'intervenez pas, capitaine !

Le lieutenant sentit la jeune femme se braquer.

—Je vais rejoindre mon escadron, répliqua-t-elle d'un ton sec. Rendez-vous à l'arrivée sur la base Armstrong.

Elle désenclencha sa ceinture de fixation et allait s'élever lorsque Sorg la saisit par le poignet.

—Désolé... Cette mission est un enjeu capital pour moi. Je ne sais pas si...

—Si quoi? demanda la capitaine en réintégrant son siège.

—Si vous me comprenez... quand je vous dis que ces chimères représentent toute ma vie...

La capitaine fixa Sorg d'un regard étonné. Son silence donna au lieutenant le courage de poursuivre :

—C'est idiot... Je ne trouve pas les mots...

—Pour dire quoi, lieutenant?

—Pour... rien, se ressaisit Sorg, lui-même surpris par cette tentative de confidence. Pour rien...

La jeune femme dégagea son poignet et resta un moment le regard plongé dans les yeux de l'officier.

—Vous marchez sur des œufs, lieutenant, lui confia-t-elle soudain. Des échos me sont parvenus concernant votre frère...

—Mon frère?

La capitaine hocha la tête. Elle baissa la voix et s'approcha.

—Les services de renseignements ont de sérieux soupçons concernant ses recherches. Ils ont été contactés hier par une femme qui s'occupait de l'entretien de son cabinet. Elle a prétendu avoir vu une chimère humaine dans son laboratoire. Elle pensait au début qu'il s'agissait d'une de ces chimères animales sur lesquelles travaillait votre frère mais, selon elle, la créature avait une silhouette de panthère et des bras d'enfant…

Sorg écoutait, stupéfait que la capitaine lui révèle ces informations.

—Quand elle a appris le décès de votre frère, elle a eu peur pour sa propre vie. Elle a attendu toutes ces semaines avant de se manifester.

La capitaine ajouta avant de s'envoler :

—Bien… lieutenant… Je vous laisse méditer sur ces informations. Rendez-vous dans le hall de débarquement à notre arrivée…

Elle ouvrit les portes du compartiment et disparut en flottant dans les couloirs de la navette.

Le passage de la Terre à la Lune s'apparente à une traversée du désert, à la différence près qu'à l'issue du voyage ce n'est pas une oasis qui vous accueille, mais un astre mort depuis bien longtemps. Tout n'est que poussière, cratères, failles et pics montagneux sous un ciel noir déprimant, même quand le soleil est au zénith.

—Alunissage prévu dans deux minutes, annonça la voix du pilote.

La navette déploya lentement ses bras articulés et se posa comme une araignée sur la piste principale de la base Armstrong dans la mer de la Tranquillité.

—Autorisation de détacher les ceintures, reprit la voix. Attendez que les hôtesses vous donnent le signal pour gagner la sortie. Un ascenseur vous conduira directement au hall de débarquement, situé à vingt mètres sous le sol lunaire.

—Je m'adresse à vous tous qui venez combattre ! tonna soudain un officier, dont la voix tranchait nettement avec celle du pilote. On vous a déjà expliqué que votre corps allait être soumis à rude épreuve pendant les quatre semaines que vous passerez ici. Dans cinq jours, vous serez conduits au front ! Pour la plupart d'entre vous, ce voyage sur la Lune est le premier. Sur Terre, vous avez subi des entraînements intensifs, vous avez tué des milliers de Luniens dans des exercices de simulation... et vous vous croyez prêts à culbuter les rebelles ! Écoutez-moi bien... Si vous voulez que ce voyage ne soit pas le dernier, respectez votre adversaire ! Trop de soldats ont payé de leur vie pour les avoir sous-estimés !

Sorg n'en revenait pas. Les exhortations dithyrambiques des officiers lors de son expédition précédente avaient fait place à des messages de prudence. Les paroles de son père louant le courage des Luniens revinrent à sa mémoire. Une fois sorti de la navette, le lieutenant gagna le hall de débarquement, où l'attendait la capitaine Calice entourée de son escadron. Les dizaines de soldats avec qui il avait voyagé se regroupaient selon leur affectation de combat.

—Cratère Mendeleev !

—Cratère Korolev !

—Cratère Apollo !

Les appels des officiers retentissaient comme des coups de semonce dans le vaste hall.

—Attendez-moi ici ! avertit Sorg avant que la capitaine Calice n'ait eu le temps d'intervenir. Je vais vérifier si Brutone est arrivée sans dommage.

L'officier posa son paquetage devant la jeune femme et se dirigea vers le service de logistique responsable du déchargement de la soute.

—Je suis le lieutenant Lancray. Une Chimère de la Mort a été convoyée dans les soutes de la navette. Je viens la réceptionner.

—On n'a pas que ça à faire, répondit le chef d'équipe. On doit d'abord vérifier que tous les armements sont là.

Sorg le prit par le col et le plaqua contre un pilier.

—Je donne trente secondes à vos hommes pour trouver le container, gronda-t-il.

L'individu tenta de se libérer… en vain. Le visage rougi par l'étranglement, il fit un signe de main en guise de renoncement. Une fois libéré, il toussota, crachota, puis se dirigea vers les chargements.

—C'est… ce que vous… cherchez ? bredouilla-t-il en désignant le container.

—Affirmatif, répliqua Sorg. Maintenant, laissez-moi seul !

Le lieutenant saisit son Trans et désactiva le verrouillage du container. Puis il pénétra à l'intérieur en évitant tout mouvement brusque. Brutone était assise, somnolant sous l'effet des calmants.

—Nous venons d'alunir, dit Sorg en se penchant. Tu n'as pas trop souffert ?

Derrière la Chimère de la Mort, une ombre se déplaça légèrement.

—Je sais, Onyx, continua-t-il, ce n'est pas très confortable... mais nous serons dans l'observatoire dans moins d'une heure.

# 18
# Dans l'observatoire

De larges portes coulissèrent en chuintant, dévoilant un pan du ciel lunaire. La navette de la capitaine Calice, escortée par six vaisseaux de combat, s'extirpa lentement de la base souterraine, puis se propulsa à deux cents mètres d'altitude en prenant la direction de la face cachée. Sorg était assis dans le cockpit de l'appareil, seul aux côtés de la jeune femme. Il jeta un coup d'œil en direction des étoiles. La Terre semblait le regarder. Le lieutenant se souvenait de cette étrange impression lorsqu'il l'avait découverte pour la première fois depuis la Lune : cet œil bleu et blanc, tout là-bas, était bien la planète sur laquelle il était né.

—J'ai contacté l'état-major suite à notre discussion dans la navette spatiale, lança soudain la capitaine. Le général Bull n'a pas du tout apprécié votre demande d'intervenir sans moi. Il a même failli tout annuler.

Sorg tourna la tête vers la jeune femme. Il devinait son regard ferme sous la visière du casque.

—J'ai passé de longues minutes à lui faire admettre que la précédente mission avait souffert de la présence du capitaine Thorman, auquel les chimères n'étaient pas habituées. Il a reconnu que l'opération ainsi menée n'avait pas bénéficié de tous les avantages... Comme quoi nos officiers ne sont pas totalement obtus...

—Il a accepté que j'intervienne seul ?

—Affirmatif ! Mais il m'a chargée de vous transmettre auparavant certaines informations.

—Je vous écoute.

—L'état-major avait de bonnes raisons pour vous faire escorter par le capitaine Thorman lors de votre première mission. Tout comme il avait de bonnes raisons pour vous adjoindre mes services dans cette opération.

—De bonnes raisons ?

—Vous ne trouverez pas qu'un télescope hyperspatial dans l'observatoire, lieutenant. Le capitaine Thorman était chargé de veiller à ce qu'un appareil ultrasecret logé dans la salle principale sorte indemne de votre attaque.

—Un appareil ultrasecret ?

—Je ne peux vous en dire plus. Sachez simplement que vous faites désormais partie des quelques officiers informés de son existence. Sans oublier les ingénieurs qui l'ont conçu...

—Pourquoi ne pas m'en avoir informé dès la première mission ?

—Vous ne figuriez pas sur la liste confidentielle. Je vous l'ai dit : il s'agit d'une machine ultrasecrète. Le capitaine Thorman avait ordre de vous informer si vous réussissiez à atteindre l'appareil... mais la révolte des chimères a modifié tous les plans. Heureusement pour vous, certains officiers vous soutiennent. Après votre requête, tout à l'heure dans la navette, il a été décidé en haut lieu de vous révéler son existence pour que vous puissiez agir seul. Considérez à présent que votre mission aura totalement réussi si cet appareil nous est rendu dans le meilleur état possible.

—À quoi sert-il ?

—Vous en demandez trop, lieutenant.

—Qui vous dit que les Luniens ne l'ont pas détruit ?

—Tout est envisageable. Les soubresauts énergétiques détectés dans l'observatoire laissent toutefois penser qu'il fonctionne encore. Cet appareil est facilement reconnaissable. Il s'agit d'un anneau de plusieurs mètres de diamètre, conçu dans un alliage rare. Il est suspendu au milieu de la salle principale. Avez-vous encore des questions, lieutenant ?

—Non... lâcha Sorg, le regard soucieux.

—Parfait. Vous reconnaissez le musée Kennedy ? demanda la capitaine en désignant un relief artificiel.

Sorg tourna la tête sur la gauche de l'appareil et aperçut un bâtiment marqué par des dizaines d'impacts.

—Les Luniens l'ont pris pour cible il y a une semaine, expliqua la jeune officier.

L'escadron quitta la mer de la Tranquillité et survola les cratères jumeaux Messier qui, vingt-quatre ans plus tôt, avaient failli être fatals au général Lancray.

—J'aurais aimé connaître votre père... lâcha la capitaine.

Sorg ne répondit pas. Pour la première fois pointa comme une sourde lassitude à l'évocation de son père. Il souffla en silence, puis se donna une contenance en scrutant du regard les reliefs escarpés.

La face cachée fut atteinte sans qu'aucun tir rebelle ne vînt perturber le voyage. Encore quelques minutes et l'observatoire serait bientôt à portée de vue.

—Le voilà... lança la capitaine Calice en pointant son doigt vers le sud.

Le lieutenant reconnut l'immense parabole du télescope. L'engin se posa devant l'accès au tunnel. Un soufflet de liaison fut rapidement installé entre la soute de l'appareil de la capitaine Calice et le sas du souterrain. Dans un sifflement, l'air envahit le conduit. Les soldats se débarrassèrent de leurs scaphandres et déverrouillèrent les portes de la soute. Sorg put alors diriger le transport du container jusqu'au sas.

—Bonne chance, lieutenant, lâcha la capitaine Calice.

L'officier croisa le regard de la jeune femme et crut y lire de l'inquiétude.

—Tout se passera bien... s'entendit-il répondre, lui qui avait pourtant en horreur la « mièvrerie » des adieux rassurants.

La capitaine Calice eut un sourire et se retira avec sa patrouille. Désormais seul, Sorg put actionner l'ouverture du container. Brutone y était toujours endormie. Derrière elle, une ombre se dressa.

—Tu peux venir, lança l'officier.

Onyx ne se fit pas prier. Elle semblait extrêmement préoccupée par ce qui l'attendait au bout du tunnel. La démarche peu assurée après son long séjour dans l'obscurité, elle avança en titubant, rétablissant parfois son équilibre en posant une main sur le sol. Puis elle se dégourdit les pattes en accélérant le pas. Sorg laissa Brutone dans le container et suivit la petite chimère dans le passage.

Après quelques secondes de marche, le lieutenant reconnut l'endroit où avait explosé la grenade du capitaine Thorman. La structure métallique du tunnel avait gardé les marques des déformations provoquées par la chaleur de l'explosion. Le plafond s'était effondré sur plusieurs dizaines de mètres. Une porte blindée marquait la séparation entre la portion des travaux et l'accès à l'observatoire. Un simple verrouillage mécanique avait été installé. Sorg saisit le volant d'acier qui commandait l'ouverture et le tourna de toutes ses forces. Les barres de fixation grincèrent.

Au moment où la porte s'entrouvrit, un long cri creva le silence. Le lieutenant hésita un instant, puis se décida à avancer.

Onyx s'était déjà élancée. Elle courut sans réfléchir et atteignit rapidement l'extrémité du tunnel. Un trou béant témoignait de la brutalité de la première mission, quelques semaines plus tôt. Dès qu'elle fut dans l'observatoire, la petite chimère plaqua son museau sur les parois comme si mille pistes se découvraient devant elle. Le cri entendu avant d'entrer résonna de nouveau, terrible, paralysant. Sorg chercha en vain à en localiser l'origine. Onyx redressa la tête et huma l'air. Le lieutenant traversa la première salle en silence, longeant les faisceaux de câbles qui couraient d'une pièce à l'autre. En pénétrant dans la salle suivante, il reconnut le lieu où il avait affronté les premiers Luniens. Les Chimères de la Mort y avaient tué une dizaine de rebelles avant de se lancer à la poursuite des fuyards. De larges traces de sang séché témoignaient de l'ampleur du carnage.

*Pas un cadavre !* s'étonna-t-il. *Est-ce que les chimères les auraient dévorés ?*

Si les monstres avaient goûté à la chair humaine, Sorg ne pourrait plus rien pour eux. Le lieutenant suivit Onyx dans le corridor étroit qui le séparait de la troisième salle, celle où Korgone l'avait blessé. Des dizaines de consoles murales exhibaient leurs écrans froids. Depuis l'attaque, seules les batteries intérieures alimentaient encore les systèmes de chauffage et d'éclairage. Et toujours ces gaines de câbles tendues de pièce en pièce…

Où étaient passés les cadavres de Korgone et des cinq autres chimères mortes au combat ?

L'officier tentait de se rappeler comment le capitaine Thorman l'avait porté jusqu'au tunnel, lorsque l'attitude d'Onyx l'intrigua : les pupilles de la chimère s'étaient dilatées. Dressée sur ses pattes arrière, la créature avait tous ses sens en éveil. Un danger les menaçait. Sorg en était persuadé. Il braqua son arme devant lui et resta à l'affût.

Un cri perçant, plus fort que les deux précédents, déchira de nouveau le silence. Le lieutenant avala sa salive. De la salle où ils venaient de pénétrer s'échappaient trois couloirs menant aux transformateurs d'énergie et à différents bureaux de contrôle.

*Le cri est venu de la droite,* se dit-il.

Il suivit Onyx dans cette direction. À mesure qu'ils avançaient, les oreilles de la petite chimère se redressaient. Ses iris jaunes occupaient désormais la presque totalité de la surface de l'œil. Soudain… un frottement métallique… Le bruit provenait de la pièce dans laquelle Sorg s'apprêtait à pénétrer. Le lieutenant bloqua sa respiration et colla son dos au mur juste à côté de l'entrée. Onyx s'était immobilisée. L'officier pencha lentement la tête et jeta un regard dans la salle. Il s'agissait d'une pièce de surveillance... Il allait s'y glisser lorsqu'un nouveau cri fit vibrer les murs. Les écrans des ordinateurs volèrent en éclats.

Les yeux fermés, les mains plaquées sur ses oreilles, Sorg se rétablit peu à peu. Il rouvrit les paupières... pour découvrir qu'Onyx avait disparu. Il était seul. Il se tourna de nouveau dans le couloir, et remarqua que tous les câbles convergeaient vers un seul endroit, une pièce d'où émanait un vrombissement sourd et une lueur intense de couleur jaune.

*La salle des convertisseurs.*

Il avança et s'engagea dans l'enceinte truffée d'ordinateurs. Il s'arrêta au bout de quelques mètres : une ombre venait de se glisser entre deux piliers. Il continua sa progression le long des parois, l'arme dirigée vers l'endroit où venait de disparaître la silhouette. Arrivé à hauteur des derniers piliers, il bondit comme un chat et... resta pétrifié. Une vingtaine de corps jonchaient la salle, alignés comme les tombes d'un cimetière.

*Les Luniens*, se dit-il en identifiant leurs uniformes. *Ceux que j'ai combattus avec les chimères.*

Il garda son arme pointée dans leur direction et attendit plusieurs secondes, puis il s'avança prudemment et examina attentivement les cadavres.

*Les corps ne sont pas décomposés! Ces hommes ont pourtant été tués il y a plus de deux mois...*

Tous portaient des traces d'agression violente : une jambe déchiquetée, une épaule broyée, un thorax défoncé… Le lieutenant reconnaissait le travail de son commando…

*Qui les a alignés comme ça ?*

Étrangement, trois corps portaient des uniformes d'officier de la Confédération. Ils présentaient tous des brûlures mortelles. Sorg ne resta pas longtemps à découvert. Il s'adossa à un ordinateur et réfléchit.

*Les cadavres sont intacts... Qu'est-ce que ça veut dire ? L'état-major m'a caché quelque chose... Quelqu'un a pris les commandes du site...*

Onyx traversa l'espace entre deux machines et se faufila derrière le dernier pilier.

*Qu'est-ce qu'elle fabrique ?*

Sorg serra son arme et bondit dans sa direction. Après une course de quelques secondes, il se plaqua contre un bureau électronique. En tournant la tête, il découvrit, recroquevillées en chien de fusil… les chimères de son commando. Les créatures ne bougeaient pas. Il en dénombra vingt et une… puis en aperçut un peu plus loin six autres, alignées comme les cadavres des Luniens.

*Korny, Thor, Mudran, Shark, Vinx et... Korgone,* énuméra-t-il.

Il se coucha et rampa jusqu'à Perios, la chimère la plus proche.

*Son cœur bat lentement... mais elle ne respire quasiment pas. Comme si ses fonctions vitales étaient ralenties. Les vingt et une chimères semblent dans le même état. En catalepsie.*

Tout d'un coup, Onyx surgit. La créature bondit et disparut derrière une cloison. Sorg se releva, contourna un écran de contrôle, s'engouffra derrière le mur où elle avait disparu et s'immobilisa à l'entrée d'une nouvelle salle. L'arme au poing, il découvrit un mur d'ordinateurs de plusieurs mètres de hauteur, tous reliés les uns aux autres. Au centre de la pièce se dressait un anneau enveloppé d'un étrange halo bleu. L'artefact semblait flotter dans les airs. Sorg voulut s'en approcher, mais un sifflement strident le cloua sur place. Cette fois, ses jambes cédèrent sous son poids. Il s'affala sur le sol en lâchant son arme. Une voix parvint alors à ses oreilles :

—***Endors-toi... Endors-toi... Tu ne te souviendras de rien...***

Onyx s'approcha, se pencha sur son visage et le fixa dans les yeux.

—***Adieu, Sorg...*** murmura-t-elle. ***Désormais, laisse-toi guider par ton cœur...***

—Lieutenant ! Lieutenant Lancray !

L'officier ouvrit les paupières et reconnut le visage inquiet de la capitaine Calice. Il cligna des yeux comme s'il sortait d'un long rêve, puis sourit bêtement.

—Lieutenant ? Vous n'avez rien ?

— Où… suis-je ?

— Dans l'observatoire…

L'officier posa son regard sur l'anneau disloqué, qui vomissait ses entrailles de câbles, et laissa échapper un rire étrange… avant de s'évanouir à nouveau.

## 19
# Enquête militaire

La brigade des services secrets investit le fort de la Conchée vers les cinq heures du matin. Une navette militaire venue de Paris atterrit sur la petite piste du fort. Quinze hommes armés jusqu'aux dents en descendirent et forcèrent l'accès aux couloirs intérieurs. Quelques secondes plus tard, ils faisaient irruption dans la chambre d'Octavio et le forçaient à se lever pour se présenter devant le colonel Monk.

—Il est arrivé quelque chose au lieutenant Lancray ? s'alarma Octavio.

—Tais-toi ! répondit l'officier. C'est moi qui pose les questions. Montre-nous toutes les caches du fort ! Et ne t'avise pas d'en oublier une…

Le colonel Monk était encadré de quatre scientifiques de la brigade génétique. Octavio ronchonna, puis obtempéra. Il conduisit les hommes à travers le dédale de couloirs de la forteresse et leur ouvrit toutes les salles.

—Où est la chimère de Bran Lancray ? l'interrogea le colonel Monk.

— De quoi parlez-vous ? répondit le vieil homme.

— Tu parais malin comme un renard, lâcha l'officier. Mais tu ne sais pas mentir... Si tu ne me dis pas sur-le-champ où se cache cette créature...

— Aucune créature ne se cache ici, l'interrompit Octavio. Je n'ai rien d'autre à ajouter.

— On verra ça... maugréa le colonel.

— Vous pouvez faire de moi ce que vous voulez, brava le vieil homme. Je ne répondrai à vos questions qu'en présence de mon maître.

Un soldat frappa Octavio. Le serviteur s'écroula sur le sol du couloir en gémissant.

Les spécialistes passèrent au peigne fin les moindres recoins du fort. En deux heures, ils remplirent des dizaines de boîtes qu'ils étiquetèrent soigneusement. Une fois leur travail accompli, la navette reprit son vol en direction de Paris. Octavio, assis dans l'appareil, observait la silhouette du fort disparaître à l'horizon.

— Une équipe va s'installer aujourd'hui dans la forteresse, précisa le colonel Monk. Elle s'occupera des deux chimères de Cézembre. Ça nous laissera le temps de faire plus ample connaissance...

Sorg sortait peu à peu de sa longue léthargie. Impossible de savoir combien de temps il était resté inconscient. Tout au plus se souvenait-il des paroles de l'officier Calice essayant de le réveiller.

—Vous êtes ici depuis une semaine, retentit une voix féminine.

Sorg inclina la tête sur le côté et reconnut la capitaine.

—I... ici ? prononça-t-il péniblement.

—À Paris. Dans la tour des forces confédérées.

—Vous me poursuivez... capitaine...

—J'obéis aux ordres, lieutenant. Et comme on ne peut pas vous laisser seul plus de cinq minutes...

La jeune femme se leva et disparut derrière une porte. La chambre était lugubre. Pas une fenêtre, pas un coin de ciel... Sorg essaya de rassembler ses idées, mais ne put se rappeler que des images de corps étendus dans une vaste salle. Il naviguait entre les cadavres... Puis, le black-out total.

—Vous revenez enfin parmi nous, lieutenant, lança le colonel Monk en entrant dans la chambre. Inutile de vous dire que nous attendions ce moment avec impatience. Nous sommes sûrs que vous allez avoir beaucoup de choses à nous dire...

Sorg dévisageait l'officier.

—Vous me reconnaissez? lâcha le colonel. C'est peut-être un peu trop tôt, fit-il remarquer en se tournant vers la capitaine Calice. Laissons-le récupérer.

Avant de quitter la chambre, il se tourna de nouveau vers Sorg et déposa un Trans sur la table de chevet.

—Nous vous laissons cet accessoire. Si le cœur vous en dit...

Au bout de quelques heures, Sorg commença à refaire surface. Il tenta de remettre en place ses souvenirs, mais certains événements récents étaient irrémédiablement marqués par le sceau de l'oubli.

—Une violente détonation a retenti un quart d'heure après votre entrée dans l'observatoire, lui expliqua la capitaine Calice. Quand je suis arrivée avec mes hommes, vous étiez étendu sans connaissance devant l'anneau complètement détruit.

—L'anneau... balbutia Sorg.

—Les rebelles étaient tous morts. Vingt et une chimères étaient en état de stase. Elles ne sont toujours pas complètement réveillées.

La capitaine versa à boire au lieutenant, puis elle l'aida à se redresser sur son lit et à porter le verre à ses lèvres. Chaque fois qu'il avait dû être hospitalisé, Sorg avait vécu comme un calvaire les soins trop « maternels » de certaines infirmières. Il se braquait, se recroquevillant sur lui-même, comme si des mains chargées d'attention, voire d'affection, pouvaient être porteuses d'un obscur danger. Cette fois-ci, Sorg s'abandonna aux traitements... presque sans protester. La main que la capitaine Calice plaça derrière sa nuque lui procura même une sensation agréable.

—Vous récupérez progressivement, le rassura la jeune femme. Je dois vous avertir : dès que votre état le permettra, vous serez interrogé par les services secrets.

Une fois seul, Sorg saisit le Trans laissé par le colonel. Il ne fut pas surpris de découvrir qu'aucun contact avec l'extérieur n'était possible. L'activation de l'appareil déclencha automatiquement le service Confident.

—*Bonjour Sorg, comment vas-tu ?*

—Bonjour, père...

—*As-tu sauvé les chimères ?*

—Oui, père... Elles ont été récupérées...

—*Tu es un maître, mon fils ! Raconte-moi comment s'est déroulée ta mission !*

Sorg resta un instant silencieux. Pour la première fois, son père avait prononcé le mot « maître » à son égard. Il surmonta son émotion et continua :

—Je suis entré dans l'observatoire pour reprendre le contrôle des chimères... Un escadron de la Confédération m'a escorté jusqu'au tunnel.

—*Tu étais seul cette fois-ci ?*

Sorg rassembla ses souvenirs.

—Aucun officier ne m'accompagnait... Je me souviens de nombreux cadavres étendus... On m'a confirmé que vingt et une chimères étaient en état de stase.

—*Et ensuite ?*

—Ensuite... rien. Je ne me rappelle plus rien, comme si on m'avait amputé d'une partie de ma mémoire...

—*Sorg... Je ne t'ai jamais demandé si tu avais revu ton frère depuis son départ du fort. Dis-moi la vérité... Vous aviez repris contact ?*

—Pourquoi veux-tu le savoir ?

—*Tu peux te confier à moi, mon fils...*

Le lieutenant fixa le Trans avec effroi.

—*Allô, Sorg ? Dis-moi... Avais-tu revu Bran ?*

D'une légère pression, Sorg coupa la connexion, puis il posa le Trans sur la table de chevet.

—Ils contrôlent père... lâcha-t-il, les larmes aux yeux.

Au lendemain de son réveil, le lieutenant fut conduit dans la salle d'interrogatoire. Les douze officiers de l'état-major l'attendaient, assis au centre de la pièce. Le lieu était sombre, les visages graves. Un micro enregistrait les moindres paroles.

—Lieutenant Lancray, commença le général Bull, si vous pensez avoir toutes les facultés psychiques pour répondre à nos questions, veuillez nous le faire savoir.

Sorg répondit en inclinant lentement la tête.

—Très bien. Je vais donc vous poser la première question : qu'avez-vous découvert en entrant dans l'observatoire ?

—Je me souviens des cadavres des rebelles... et des chimères. D'autres étaient en stase. Je revois les corps de trois officiers aussi... Et puis je suis entré dans la grande salle où j'ai trouvé...

Silence...

—Qu'avez-vous trouvé, lieutenant ?

— J'ai trouvé un anneau... Puis il y eut une explosion et je me suis évanoui.

— Comment se fait-il, lieutenant, que la capitaine Calice ait retrouvé Brutone dans son container au moment où elle est entrée dans l'observatoire ?

— Je ne sais pas... La chimère a dû paniquer avec l'explosion.

L'officier soupira.

— Lieutenant... Je vais vous dire quelles créatures vous avez découvertes dans l'observatoire...

Il se pencha et lâcha :

— *Des extraterrestres !*

Sorg sursauta, le regard incrédule.

— Il est temps que nous vous révélions certaines informations très confidentielles, lieutenant... Écoutez bien : en 2067, deux ans après la mise en service du télescope hyperspatial, des signaux venus de la constellation des Pléiades furent captés. Nous avons découvert qu'ils émanaient d'une civilisation extraterrestre qui désirait entrer en contact avec nous. Ils nous envoyaient des informations pour fabriquer un appareil de téléportation. Sept ans ont été nécessaires pour le construire, dans le plus grand secret. L'idéal aurait été de le fabriquer sur Terre, mais les paramètres des extraterrestres se référaient tous à la position de l'observatoire. C'est le fameux anneau dont vous a parlé la capitaine Calice... celui que vous avez découvert. Vous me suivez ?

Les yeux hagards, le lieutenant acquiesça.

— Trois de nos officiers ont été volontaires pour essayer le système. Ils ont été téléportés, le 12 novembre dernier exactement, à destination de la planète qui était entrée en communication avec nous. Après leur départ, le téléporteur a connu plusieurs dysfonctionnements. Il nous a été impossible de maintenir le contact avec eux. La suite… vous la connaissez plus ou moins : fin décembre, les Luniens ont pris les armes. Le 26 février, un de leurs commandos s'est emparé par surprise de l'observatoire, une cible de prestige pour eux. Les ingénieurs ont réussi à leur échapper, mais cette attaque nous a coupés définitivement de nos trois envoyés. Une trentaine de personnes avait alors connaissance d'un contact avec les extraterrestres : les douze membres de l'état-major que vous avez devant vous, quelques officiers et les huit ingénieurs qui travaillaient dans l'observatoire à la réalisation du téléporteur. Les rebelles luniens ont découvert cet anneau sans comprendre sa fonction. Imaginez un instant qu'ils aient su… qu'ils soient entrés en contact avec les extraterrestres… Le rapport de forces aurait pu être inversé. Vous connaissez la suite : les rebelles ont bloqué toutes les issues de l'observatoire, nous contraignant à creuser un tunnel pour tenter de reprendre le site. Nous avons décodé il y a deux jours les boîtes noires des ordinateurs… ceux qui étaient connectés au téléporteur. Et voici ce que nous avons appris : nos trois volontaires sont revenus le 8 avril dernier, accompagnés de deux extraterrestres. Les ordinateurs ont cessé de fonctionner à partir de cette date, ce qui signifie que le système a été endommagé.

—Par les Luniens ? demanda Sorg.

—Selon toute vraisemblance. Les rebelles ont dû être sacrément surpris par l'arrivée de nos trois émissaires.

—Les cadavres que j'ai découverts dans la salle des ordinateurs, c'étaient eux ?

—Affirmatif. Les autopsies ont montré que leurs blessures étaient dues aux armes des Luniens.

—Général... Vous avez dit que les extraterrestres étaient arrivés dans l'observatoire le 8 avril. Ce qui signifie qu'ils étaient présents lorsque j'ai attaqué le site avec les Chimères de la Mort, le 20 mai...

—Affirmatif. Vous avez été stoppé par vos propres chimères avant d'atteindre la salle du téléporteur, où les deux extraterrestres s'étaient probablement réfugiés. Les questions que nous nous posons aujourd'hui concernent les relations entre les extraterrestres et les rebelles pendant cette période. Ces derniers sont morts, massacrés par vos chimères. Vous êtes le seul homme encore vivant à avoir approché les extraterrestres, lieutenant. Le téléporteur a explosé quand vous étiez dans la salle. Nous pensons qu'il s'est détruit automatiquement après que les extraterrestres l'eurent utilisé pour repartir. Toutes nos recherches pour identifier des traces de leur passage sont restées vaines. Ils ont effacé le moindre indice. Ces extraterrestres, lieutenant... À quoi ressemblaient-ils ?

—...

—J'attends votre réponse, lieutenant.

—Je ne me souviens de rien... Je vous assure... De rien ! lâcha Sorg en se prenant la tête à deux mains.

Le général se tourna vers le colonel Monk :

—À vous, colonel. J'en ai fini pour aujourd'hui.

L'officier s'approcha du lieutenant, qui s'était ressaisi.

—Faites entrer Octavio Grimboldi... lança-t-il d'un ton sec.

La gigantesque porte coulissa, laissant apparaître le serviteur. Le vieil homme avançait en titubant. Son visage s'illumina lorsqu'il découvrit Sorg, assis dans la salle.

—Asseyez-vous ! lui ordonna le colonel.

Le serviteur obtempéra.

—Répondez à notre question, Octavio Grimboldi. Quelle chimère a été cachée au fort de la Conchée ?

Le serviteur lança un regard furtif vers Sorg, puis répondit :

—Je n'ai rien à dire.

—Prenez garde. Mes agents sont aujourd'hui convaincus que le lieutenant Lancray et vous-même avez détenu au fort une chimère humaine.

Le colonel ouvrit une porte secondaire et laissa

entrer un individu vêtu d'une longue blouse blanche.

—Voici le professeur Dryan.

Le scientifique s'arrêta devant le bureau des officiers et commença son rapport :

—J'ai réuni les premiers résultats des analyses effectuées sur quelques échantillons de poils récupérés dans le fort de la Conchée le 2 août dernier. Je vous préviens tout de suite : nous n'avons que très peu d'échantillons, et les structures biochimiques sont si instables qu'elles se désagrègent dès que nous les soumettons à des contraintes physiques. Les quelques fragments qui ont pu être étudiés ont toutefois révélé qu'une chimère a séjourné dans le fort. Elle n'a vraisemblablement pas été conçue par assemblage de cellules embryonnaires. Aussi étonnant que cela puisse paraître, elle aurait été créée en juxtaposant avec précision des gènes de différentes espèces dans de l'ADN hélicoïdal. Jamais on n'avait poussé aussi loin l'hybridation génétique... Nous ignorons encore quelle technique a permis d'agir sur les filaments pour...

—Merci, commandant, l'interrompit le colonel Monk. Nous en resterons là pour le moment !

L'officier fixa Sorg et déclara :

—Nous avons la preuve que vous avez retenu dans votre forteresse une... sorte de chimère humaine, lieutenant, et nous sommes persuadés qu'elle vous a été confiée par votre frère, Bran Lancray. Nous avons remonté une piste qui nous a conduits jusqu'à l'hôtel où vous vous arrêtez chaque fois que vous venez à Paris. L'hôtesse nous a affirmé que le soir de l'incinération de votre frère vous êtes reparti en embarquant une caisse dans votre navette. Une caisse que vous aurait laissée un homme vous ressemblant étrangement... Vous voyez de qui il s'agit ?

—C'est juste, répondit Sorg. J'ai emporté une chimère... humaine créée par mon frère. Il me l'a léguée à sa mort. Elle est décédée peu de temps après être arrivée au fort.

—Pourquoi avoir caché son existence, lieutenant ?

—Je l'ai ramenée à Saint-Malo... pour m'en débarrasser... pour que le nom des Lancray ne soit pas souillé ! Elle gît quelque part au fond de l'océan où je l'ai jetée.

—Vous mentez, lieutenant. Répondez maintenant à cette question : que vous ont promis les Luniens en échange de vos services ?

—Les Luniens ?

—Oui, lieutenant... J'ai bien dit : les Luniens ! Votre frère est entré en contact avec un réseau de leurs sympathisants il y a huit ans, juste après le lancement du projet d'extraction de l'hélium 3 eut été lancé. Il avait probablement besoin d'une revanche sur son père... Il a agi dans le plus grand secret : il y a quelques jours encore, nos services ignoraient tout de ses activités... La chimère que vous avez ramenée dans votre fort était une création unique qui devait posséder des facultés hors du commun ! Votre frère avait expliqué à plusieurs reprises à ses confrères les possibilités de concevoir un tel organisme. Il prétendait que des combinaisons de plusieurs gènes masqués provenant de chromosomes d'espèces différentes pouvaient aboutir à des êtres surpassant tout ce qui avait été créé jusqu'alors. Nous pensons qu'il a tenté de mettre au point un prototype de chimère humaine aux pouvoirs « explosifs » dans l'intention d'en faire profiter les rebelles luniens.

—Mon frère n'avait rien à voir avec les rebelles !

—C'est ce que vous croyez ! Pourtant, les faits sont là ! Nos services ont enquêté sur les causes de sa mort.

—Il a été victime d'une infection virale, déclara Sorg.

—C'est ce qui est mentionné dans le rapport officiel, mais les dernières analyses ont affiné les résultats. Le virus dont a été victime votre frère est apparu sous sa forme mortelle très récemment dans les stations climatisées de la Lune. Il s'agit d'un sélénovirus, lieutenant. Il y a des porteurs sains et des individus qui en meurent en quelques jours. Les services d'hygiène présents sur toutes les bases lunaires sont très vigilants. Personne ne peut embarquer pour la Terre s'il est porteur de ce germe.

—Où voulez-vous en venir ?

—Nous avons la preuve que votre frère est entré

en contact avec des individus porteurs du virus, venus incognito de la Lune. Selon vous, lieutenant, quels Luniens auraient intérêt à cacher leur venue sur Terre en période de conflit ?

Sorg resta interdit.

—Les rebelles, lieutenant ! Votre frère était en relation avec les rebelles ! Nous avons fait parler des sympathisants des Luniens arrêtés il y a quelques mois. Ils ont finalement avoué : votre frère travaillait pour eux. Il avait rejoint leur cause !

—Je n'ai rien à voir avec les agissements de mon frère ! Je ne l'ai jamais revu depuis son bannissement par mon père... Je n'ai jamais eu de relation avec nos ennemis !

Les officiers, impassibles, laissèrent Sorg nier tout en bloc. Le lieutenant s'interrompit quelques secondes, puis demanda :

—Puis-je vous poser une question, mon colonel ?

—Allez-y...

—Pourquoi aurais-je suivi Bran dans sa collaboration avec les Luniens ? Pourquoi aurais-je sali la mémoire de mon père ? N'ai-je pas failli perdre la vie en attaquant l'observatoire à la tête de mes chimères ? Vous auriez peut-être préféré que je meure pour prouver mon attachement à la Confédération ?

Le colonel baissa légèrement la tête. Sorg se leva et s'adressa à tous les officiers.

—J'ignore ce qu'a fait mon frère, mais je n'ai

jamais collaboré avec les Luniens ! Et j'aurais mille fois préféré me faire tuer sur la Lune plutôt que d'entendre vos accusations !

## 20
# Poussière de cendres

Après deux semaines d'interrogatoire, Sorg fut autorisé à rentrer à Saint-Malo. L'hypothèse de la haute trahison avancée par le colonel Monk n'avait pas convaincu les officiers. Finalement, aucune sanction ne fut retenue contre le maître des Chimères de la Mort. Le lieutenant retrouva Brutone, Cadmio, Xaniou et les vingt et une créatures rescapées de l'attaque de l'observatoire, qui étaient sorties progressivement de leur stase.

« Elles n'ont souffert d'aucune blessure, indiquait un rapport. Tout s'est passé comme si les extraterrestres avaient ralenti leurs fonctions vitales. À leur réveil, les Chimères de la Mort étaient étrangement calmes. »

À son arrivée au fort, le lieutenant fut accueilli par son fidèle serviteur. Aucune parole ne fut échangée. Les deux hommes restèrent de longues secondes dans les bras l'un de l'autre, savourant la chance de se retrouver sains et saufs. Sorg ne rejoignit pas l'intérieur de la forteresse. Il se dirigea vers les remparts. Les cheveux au vent, il observait l'horizon plat de l'océan. Rien ne ressemble plus à la liberté que ce bleu infini où se mêlent ciel et mer. Les cris d'un goéland attiraient parfois son attention. Il levait alors la tête et restait de longues secondes ainsi, le regard perdu dans l'azur.

—Je savais qu'ils te laisseraient partir, retentit derrière lui la voix d'Octavio.

Ils étaient tous deux à l'emplacement exact où, deux mois plus tôt, Sorg avait projeté Onyx dans les flots.

—Tu m'as manqué... murmura Sorg en tapant amicalement sur l'épaule de son ami.

—ELLE va nous manquer... répondit Octavio.

—Je me souviens l'avoir jetée d'ici, expliqua Sorg. C'est tout. Sa présence s'efface ensuite dans tous mes souvenirs. J'ai pourtant le sentiment... qu'elle a agi en profondeur sur moi.

Le vieil homme ouvrit une main.

—Un microdisk ? s'étonna le lieutenant.

—Il contient un message de Bran.

Sorg resta un long moment interdit, les yeux rivés sur la pastille électronique.

—Qui te l'a donné ?

—Avant de partir pour la Lune, tu m'as demandé de me débarrasser de la caisse d'Onyx. Je l'ai sortie sur les remparts et j'ai commencé à la démonter. Un boîtier était fixé à l'intérieur. Je l'ai ouvert et j'y ai trouvé ce message. Bran l'avait laissé à mon intention. Il se doutait que tu détruirais celui qu'il t'avait laissé à l'hôtel. Tu as toujours détruit ce qui venait de lui...

Sorg tourna la tête vers l'océan.

—Que dit-il ?

—Qu'Onyx est l'un des deux extraterrestres téléportés sur la Lune.

Sorg resta silencieux, le regard perdu sur l'horizon.

—Ils étaient accompagnés de trois émissaires de la Confédération, continua Octavio. Ils ont été accueillis par les tirs des Luniens, qui s'étaient emparés du site quelques semaines plus tôt. Les émissaires ont été tués et le téléporteur endommagé. Onyx et son ami s'en sont sortis in extremis grâce à leurs pouvoirs psychiques.

—Ils ont mis les Luniens en stase...

—Exact. Mais la fusillade les a traumatisés. Onyx surtout. Choquée par la mort des trois émissaires, elle s'est repliée sur elle-même. Et puis, elle a attrapé le sélénovirus et s'est mise à dépérir. Bran explique dans son message que son ami avait deux solutions : ouvrir les accès de l'observatoire et affronter un monde inconnu... au risque de ne plus jamais repartir, ou bien « réveiller » les Luniens en stase et les utiliser pour sauver Onyx. Pendant ce temps-là, il réparerait le téléporteur. Il a choisi cette dernière solution.

—Comment Onyx a-t-elle pu arriver sur Terre ?

—Les Luniens ont décidé de la conduire dans le laboratoire de Bran. Ton frère avait épousé la cause des rebelles quelques années plus tôt, en désavouant toutefois leurs actions violentes. Le départ d'Onyx a eu lieu pendant un assaut mené par les troupes luniennes. Elle est sortie au nez et à la barbe de nos bataillons. Bran explique qu'elle était très mal en point quand elle est arrivée dans son cabinet.

—Il l'a sauvée... C'est ça ?

—Oui... avant d'être à son tour victime du sélénovirus. On peut dire qu'il s'est sacrifié pour elle...

—Pourquoi nous avoir laissé Onyx ? Les Luniens auraient dû se charger de son retour...

—Les rebelles restés sur Terre en attendant le rétablissement d'Onyx ont été débusqués et tués par la Confédération. De plus, le réseau de sympathisants auquel Bran appartenait a été démantelé. Bran savait qu'il allait mourir. Il s'est trouvé piégé...

Les souvenirs liés à Onyx se recomposaient peu à peu dans l'esprit de Sorg. Le lieutenant se remémora les épreuves humiliantes du dressage, la mort de l'araignée qui avait tant affecté la créature, lui rappelant peut-être le carnage de l'observatoire.

—Entre mes mains, Onyx s'est laissée mourir... avoua-t-il.

—Bran explique que le peuple d'Onyx a atteint un haut degré de développement spirituel et que le spectacle de la violence lui est insoutenable. Onyx devait être sûrement diminuée par la maladie lorsque tu l'as recueillie. J'ai réfléchi à tout ce qui s'était passé ici durant son séjour. Je pense qu'elle se serait effectivement laissée mourir si elle n'avait pas découvert le TR21. C'est à travers cette arme qu'elle a renoué avec la mémoire de Bran, son sauveur...

—Bran était au courant de l'attaque de l'observatoire par mon commando ?

—Il n'en parle pas dans son message. Je crois que, coupé du réseau des sympathisants, il ne devait plus savoir grand-chose sur l'évolution du conflit lunaire. Et puis l'attaque n'a été révélée dans la presse terrienne qu'après sa mort.

Sorg posa les yeux sur le microdisk. Le regard de Bran derrière le hublot de la navette, le jour de son bannissement, lui revint à l'esprit.

—Laisse-moi écouter sa voix... s'il te plaît.

Le vieil homme plaça la pastille électronique dans son Trans.

—C'est la fin du message... précisa-t-il.

*« Je vais mourir, cher Octavio. Mourir sans t'avoir revu. Tu es le seul être qui m'ait jamais aimé. Père voulait faire de moi un digne représentant des Lancray, un officier exemplaire. Mon propre frère me jalousait à en crever. Me voilà agonisant dans ma clinique... mais je ne suis pas seul, Octavio. Il y a Onyx... Elle m'a appris tant de choses étonnantes depuis que nous réussissons à communiquer. Sur*

*elle, sur les siens, sur sa planète, sur la vie... Octavio, mon ami... Avant que je quitte ce monde, je voudrais que tu saches que je ne t'ai jamais oublié. Ni toi, ni père, ni Sorg. »*

Sorg descendit les marches et rejoignit les couloirs du fort. Arrivé devant la salle des Quatre Éléments, il s'empara d'une barre en acier et s'acharna sur toutes les structures conçues par son père : les anneaux fixés au plafond, les pieux acérés... Il employa toute son énergie à la destruction du moindre outil de pouvoir. Seul l'iguane-crocodile échappa à sa fureur. Il le laissa patauger dans sa mare et regagna, exténué, l'air libre.

Au-dessus de l'océan, à quelques encablures du fort, les navettes de la Confédération procédaient à des allées et venues incessantes. Le colonel Monk s'était mis dans la tête de retrouver les restes de la « chimère humaine » que Sorg avait prétendu jeter en pleine mer. Le lieutenant descendit le long des remparts et monta dans le véhicule amphibie. Octavio le vit prendre la direction de Cézembre et disparaître en direction de la plage de l'île. Le jeune officier posa le pied sur le sable et vit venir à lui les vingt-quatre chimères rescapées des événements. Au même instant, son Trans l'informa d'un appel.

—Lieutenant Lancray ?

—Lui-même.

—Capitaine Calice. Je vous aperçois de ma navette, lieutenant. Je suis chargée de coordonner les recherches de la chimère humaine que vous avez jetée à la mer.

Sorg jeta un coup d'œil sur les appareils survolant les vagues et aperçut une main s'agiter derrière un cockpit.

—Vous m'avez repérée, lieutenant ?

—Je vous vois, capitaine…

—Je me suis demandé… lieutenant… si vous faisiez quelque chose ce soir… Voyez-vous, je ne connais pas Saint-Malo, et j'ai pensé que vous pourriez peut-être me servir de guide pour visiter la cité…

Silence…

—Allô ? Lieutenant ?

—J'avais prévu de passer la soirée avec mes chimères, mais…

—Mais ?

—Je crois que je préfère un dîner en tête à tête avec vous.

—Je suis contente, lieutenant. On m'avait dit que vous ne sortiez pas facilement de votre tanière.

—Je vous attendrai dans une heure sur les remparts de Saint-Malo, capitaine, près de la statue de Jacques Cartier.

—À ce soir, lieutenant.

—Un dernier mot, capitaine Calice. Vous avez bien un prénom ?

Silence...

—Je vous le dirai ce soir... Sorg.

Le lieutenant leva un bras au ciel. La jeune femme répondit à son signe, puis rejoignit son escadron. L'officier activa aussitôt le service Confident de son Trans.

—Bonjour, père, dit-il en faisant face à la mer.

—*Bonjour, mon fils. Tu ne m'as pas parlé depuis longtemps. Que deviens-tu ?*

—Je suis sur Cézembre.

—*Avec les chimères ?*

—Toutes... sauf les six tuées sur la Lune. Le vent se lève, père. Une tempête se prépare.

—*J'ai appris que Bran avait collaboré avec l'ennemi. Je ne comprends pas... Comment est-ce arrivé ?*

—Ça y est, père. La tempête arrive. La mer s'agite.

—*Tu m'as entendu, Sorg ? J'ai appris que...*

—Adieu, père.

Le lieutenant appuya sur la touche, désactivant définitivement le service Confident, puis il tourna le Trans en direction du sas magnétique. Deux impulsions libérèrent les Chimères de la Mort. Surprises, les créatures restèrent quelques secondes immobiles avant de s'approcher lentement de l'homme au visage fouetté par les embruns. Elles s'assirent auprès de lui, en garde rapprochée. Sorg se baissa et saisit une poignée de sable. D'un geste solennel, il tendit le bras et ouvrit sa main dans le vent.

—Paix à ton âme, Bran… clama-t-il en laissant les grains se disperser comme de la poussière de cendres.

# Table des matières

## L'auteur : Eric Simard

*Éric Simard est né en 1962 à Joigny, dans la vallée de l'Yonne. Il vit actuellement en Bretagne. Il a d'abord rêvé d'être basketteur professionnel... avant de devenir ingénieur biochimiste. Mais travailler sur des molécules à longueur d'année l'a vite lassé. À vingt-six ans, il part à l'aventure à travers l'Europe. De retour en France, il crée des ateliers culturels dans les prisons de la région parisienne. C'est durant cette période qu'il commence à s'évader à travers les mots...*

*En 1997, il crée la série télévisée* Kandelya, *diffusée sur des chaînes allemandes, française et scandinave (contes fantastiques destinés à un public de trois à sept ans). Depuis 1998, il publie régulièrement des histoires et des romans pour la jeunesse. On lui doit principalement,* Les Passagers de l'orme *(1998),* Le Souffle de la pierre d'Irlande *(1999 ; prix de la PEEP, prix Européen de la Ville de Poitiers, prix des Incorruptibles) et* Le Chant sacré des baleines *(2001), tous trois dans la collection « Les fantastiques » (Magnard).*

*Éric Simard s'est nourri de sa « première vie » d'ingénieur biochimiste pour écrire* Les Chimères de la mort, *son premier roman de science-fiction.*

*Éric est aussi au sommaire de l'anthologie* Les Visages de l'humain *(même collection) avec* Clarisse, *une autre histoire de chimère.*

## L'illustrateur : Philippe Munch

*Né à Colmar en 1959, Philippe Munch vit actuellement à Strasbourg. Il a toujours été passionné par le dessin et la lecture, ce qui l'a naturellement amené à la bande dessinée (premières réalisations en 1966 !). Après des débuts professionnels dans la BD, il se tourne en 1984 vers l'illustration. Les plus grands éditeurs l'accueilleront : Gallimard, Casterman, Nathan, Hachette-Jeunesse, Albin Michel, etc.*

*C'est dans le domaine de l'illustration qu'il peut renouer avec la SF et la* fantasy, *ses domaines de prédilection. C'est ainsi qu'il a illustré* Le Seigneur des anneaux, *de Tolkien (Gallimard),* Les Aventures de Kerri et Megane, *de Kim Aldany (Nathan),* Le Maître de Juventa, *de Robert Belfiore (Hachette-Jeunesse),* La Louve et l'Enfant, *d'Henri Loevenbruck (Bragelonne) et, surtout,* Rougemuraille, *de Brian Jacques (Mango), dont les somptueuses couvertures ont largement contribué au succès de la série.*

*Avec Manchu, il est l'illustrateur attitré de la collection Autres Mondes.*

*« Mais si l'espace me fascine, précise Philippe Munch, je n'en reste pas moins passionné par une planète particulière, la Terre, que j'essaie de découvrir au fil de nombreux voyages faits en compagnie de ma compagne et mon fils. »*

*Et de conclure : « Je suis également très bon au babyfoot. Surtout à l'arrière. »*

## AUTRES MONDES

Collection dirigée par Denis Guiot
Pour tout lecteur, dès onze ans

Une exploration passionnante de
l'imaginaire de science-fiction :
réalités virtuelles et truquées, planètes lointaines,
rencontres avec des extraterrestres,
mondes parallèles de la *fantasy*,
voyages dans le temps, sociétés futures, *Homo futuris*...

Une invitation à l'aventure, au rêve et à la réflexion
pour les jeunes du troisième millénaire.

*« Un des partis pris de cette nouvelle collection de Mango intitulée* Autres Mondes *et dirigée par Denis Guiot, parfait connaisseur de la science-fiction jeunesse, est de stimuler autant l'imagination que la réflexion. »*
*Frédérique Roussel,* Libération.

## TITRES DÉJÀ PARUS

### 1. GRAINES DE FUTURS
Anthologie dirigée par Denis Guiot, préface d'Albert Jacquard

Clones acteurs de cinéma, éoliennes flottant dans la haute atmosphère, logiciels sentimentaux, maisons tueuses, bananes qui vaccinent, nanorobots fantômes, retour de l'homme sur la Lune...
À l'aube du IIIe millénaire, l'éventail des futurs possibles engendrés par l'accélération de la connaissance scientifique donne le vertige et a inspiré les sept nouvelles inédites réunies dans cette anthologie.
Sept graines de futurs plantées par les meilleurs écrivains de science-fiction pour la jeunesse : Ange, Robert Belfiore, Christian Grenier, Alain Grousset, Jean-Pierre Hubert, Christophe Lambert, Danielle Martinigol et Joëlle Wintrebert.

*« Composée d'abord pour la jeunesse, brillamment préfacée par Albert Jacquard, cette anthologie fait partie des livres à la lecture desquels on se sent devenir plus intelligent. »*

François Rahier, *Sud-Ouest Dimanche*

### 2. LES CENDRES DE LIGNA
par Jean-Pierre Hubert

Dans la profondeur des forêts de la planète Ligna se cache un arbre aux pouvoirs mystérieux qui excite bien des convoitises : le ginnka. Jusqu'à présent, Maître Harvinn et ses apprentis Jona et Rick ont exploité ses richesses tout en respectant la planète et ses habitants, les Cendreux, des êtres étranges, mi-humanoïdes, mi-végétaux, pour qui le ginnka est un arbre sacré. Mais d'autres colons, plus soucieux de rentabilité, décident de créer une monstrueuse machine robotisée, le mégabull. Le ginnka se transforme alors en un redoutable adversaire.

« Les Cendres de Ligna *est un planète opéra développant une thématique écologique de façon très intelligente et avec une grâce d'écriture peu commune, qui bénéficie de surcroît d'une superbe couverture de Manchu.* »

Jacques Baudou, *Le Monde*

## 3. L'ŒIL DES DIEUX
par Ange

Ils ont entre neuf et quatorze ans, et sont divisés en bandes rivales : les Loups, les Ours et les Crazes. Ils sont vingt-neuf exactement qui vivent depuis toujours dans la Bulle, un lieu étrange et hermétiquement clos qui leur dispense nourriture et énergie.
Depuis que les robots qui s'occupaient d'eux se sont immobilisés à jamais, ils passent leur temps à se faire la guerre, sous la conduite de Mina pour les uns et de Jeff pour les autres. Mais, un jour, les distributeurs de nourriture s'arrêtent de fonctionner et la Bulle protectrice se métamorphose en un piège mortel.

« L'Œil des dieux *est une robinsonnade en forme de réflexion sur les mythes et la naissance des religions, qui dose adroitement suspense et drame. Un roman qui ravira tous les lecteurs.* »

Stéphane Manfredo, *La Revue des livres pour enfants*

## 4. LE SOUFFLE DE MARS
par Christophe Lambert

Mars, année 2121. La colonisation a commencé. Le jeune Keith David fait partie d'une petite équipe qui effectue des relevés scientifiques du côté de Chasma Borealis, la plus grande vallée glaciaire du pôle Nord. Mais la navette qui doit venir les reprendre s'écrase à l'atterrissage. De plus, *Bradbury Town*, la base principale, ne répond plus. Après un périple épuisant à travers les déserts de la planète rouge, Keith et ses amis rejoignent la base, où l'horreur les attend…
Un suspense martien implacable, par l'auteur de *Titanic 2012*.

« *Non seulement l'auteur a construit un récit qui tient en haleine, mais il y a greffé mille références aux grands maîtres de la science-fiction.* »

Françoise Harrois-Monin, *Ciel et Espace*

## 5. LES ABÎMES D'AUTREMER
par Danielle Martinigol

Sandiane a 16 ans. Elle est l'assistante de son père, grand reporter. Tous deux traquent le scoop à travers tout le cosmos. Ils décident d'aller sur la farouche planète-océan Autremer afin de percer le secret des Abîmes, ces astronefs mythiques qui en seraient originaires. Mais là, Sandiane et son père se retrouvent en butte à l'hostilité des habitants, et tout particulièrement à celle du jeune Mel et de son oncle, guides-pilotes de safaris sous-marins. Quel redoutable secret dissimulent les eaux de la planète Autremer? Lorsque Sandiane découvrira l'incroyable vérité, osera-t-elle la diffuser dans toute la galaxie, au risque de détruire la civilisation autremerienne? Après *Les Oubliés de Vulcain*, un nouveau grand roman écologique et romantique de Danielle Martinigol.

*« Dans* Les Abîmes d'Autremer, *[Danielle Martinigol] ébauche une réflexion qui n'est pas manichéenne sur le pouvoir médiatique, ses vertiges et ses excès; mais surtout elle imagine une très belle relation symbiotique entre les humains et une espèce extraterrestre habitant la planète-océan Autremer, espèce capable de sillonner des mers de nature très différente... Et elle enrobe le tout en relatant l'itinéraire d'une jeune fille de seize ans un peu trop sûre d'elle qui, en tentant de percer un secret, va tout bonnement changer sa vie. »*

Jacques Baudou, *Le Monde*

## 6. SQUATTEUR DE RÊVE!
par Dany Jeury

Victime d'un grave accident de skate, Thibaut est depuis une semaine dans le coma. Bardé de tuyaux de toutes sortes et de fils électriques reliés à un ordinateur, allongé sur son lit d'hôpital, il rêve... de ses potes et de Plotte, son amie de cœur. Bien malgré lui, Paulin, un jeune punk aux cheveux rouges qui travaille dans la clinique, est projeté dans l'univers intérieur de Thibaut et se retrouve en train de squatter le rêve du skateur! D'insolite au départ, la situation se transforme en un dramatique chassé-croisé entre rêve et réalité. Car la mort rôde dans le coma de Thibaut

*« Pour ceux qui aiment rêver et squatter les rêves des autres, ce premier roman à l'écriture simple et d'une grande fraîcheur sera un vrai bonheur. »*

Martine Lavogez, *www.noosfere.com*

## 7. LES VISAGES DE L'HUMAIN

Anthologie dirigée par Denis Guiot,
préface d'Axel Kahn

Manipulations génétiques, conditionnement neurobiologique, clonage et cyborgs redessinent de manière accélérée les frontières de l'humain. Que sera l'homme de demain ? À sa sortie de la « grande fabrique du vivant », appartiendra-t-il toujours à l'espèce *Homo sapiens* ? Conservera-t-il toujours son libre arbitre ? Pour répondre à ces questions de plus en plus pressantes, *Les Visages de l'humain* réunit au sommaire Jean-Pierre Andrevon, Fabrice Colin, Christian Grenier, Gudule, Jean-Pierre Hubert et Éric Simard. Six nouvelles décapantes pour faire le tour de l'*Homo futuris* !

## 8. LES CHIMÈRES DE LA MORT

par Éric Simard

Fin du XXIe siècle. Les colons luniens se sont révoltés contre la domination de la Confédération terrienne. Emmenées sur la face cachée de la Lune par le lieutenant Sorg Lancray, les Chimères de la Mort (des créatures animales mi-gorille, mi-tigre) prennent part au conflit. De retour dans la demeure familiale, un fort au large de Saint-Malo, Sorg découvre que son frère, généticien pour la Confédération et qu'il n'avait plus vu depuis des années, lui a légué à sa mort le fruit de ses recherches interdites, Onyx, une chimère d'un nouveau genre, mi-humaine, mi-féline. Dans quel but ?
Biologiste de formation, Éric Simard aborde le sulfureux problème du croisement entre espèces.

## 9. LES ENFANTS DE LA LUNE

par Fabrice Colin

Décembre 1942. Paris occupé gémit sous la botte nazie. Deux jours avant Noël, le jeune Adrien reçoit un étrange appel au secours, destiné en fait à son grand-père… mort il y a plus de dix ans ! « Aux temps maudits de l'Exode, vous avez aidé notre peuple. Une fois encore, et sur les recommandations de notre reine, nous faisons appel à vous. » Signé : Leydamoon du peuple Annwyn. Adrien se

lance alors dans une dramatique course contre la montre pour sauver les derniers Annwyns pourchassés par les Siths, d'abominables créatures de la nuit qui se sont associées aux nazis. Hélas, tous les passages permettant à Leydamoon et à son peuple de quitter notre univers se sont refermés. Tous… sauf un.
Une *fantasy* urbaine aux accents poétiques, ancrée dans une époque douloureuse de l'histoire contemporaine.

## TITRES À PARAÎTRE EN FÉVRIER 2002

### 10. CLONE CONNEXION
par Christophe Lambert

Spécialisée dans le Web quantique, la Con Amalgam utilise-t-elle illégalement des clones pour se connecter dans l'Intersphère ? Travaillant pour cette entreprise, Frédéric Lorca enquête discrètement. Mais n'est-il pas lui-même un clone ?

### 11. LES REBELLES DE GANDAHAR
par Jean-Pierre Andrevon

Venant de la mythique Terre, la belle Athna a débarqué sur la planète Tridan… et plus rien n'est comme avant dans le royaume de Gandahar. Même le chevalier Sylvain est envoûté ! Heureusement, la douce Airelle se rebelle.
Jean-Pierre Andrevon revient à son univers de prédilection, le monde fascinant de Gandahar, porté à l'écran par René Laloux sur des dessins de Caza

*Impression réalisée sur CAMERON par*

BRODARD & TAUPIN

GROUPE CPI

*La Flèche*
*en août 2001*

*Imprimé en France*
N° d'impression : 8208
Dépôt légal : août 2001